ザ・万遊記

万城目　学

集英社文庫

ザ・万遊記

目次

第1章 現場から万城目学です

その一　鹿男あをによし――10
その二　本屋大賞授賞式――14
その三　鴨川ホルモー――18

万太郎がゆく、湯治と観戦

第一回　草津編――21
第二回　山形編……のつもりが――30
第三回　神宮球場編――36
第四回　関西編――41
第五回　武蔵野編――50
第六回　バルセロナ編――55
第七回　札幌編――60

今月の渡辺篤史

1　篤史とは何ぞなもし――68
2　至高のハーモニー――71
3　明かされた真実――74

第2章

『小公女』――78
11月を11度――82
わがこころの「秀吉・トヨトミ」――89
『花神』について――93
悠久なる芋粥への挑戦――97
「さらばアドリア海の自由と放埒の日々よ」――108
万城目学の国会探訪――111
資格――121
彼は『鹿男』を観たのか？――124

今月の渡辺篤史

4　狭小住宅考――126
5　年下の男の子――129
6　見えるバスルーム――132

第3章

のろいのチャンネル——136
まちくらべ——138
懐かしのローカルCM——141
カウンターの三賢人——144
しずお蚊——147
室伏の夢——150
東の年越し——153
バルセロナのピカソ——156
語ること、失うこと——159
二月十三日のさすが大阪——162
ひょうたんみやげ話——166
めぐりめぐりてキミに出逢う——169
今月の渡辺篤史
7 篤史たること——172
8 たかがイス、されどイス——175
9 こだわり問答——178

第4章

世界のことば——182
万太郎がゆく、北京オリンピック観戦記——185
万太郎がゆく、アーセナル観戦記——201
万太郎がゆく、クラシコ観戦記——210

今月の渡辺篤史

10 ジャケットを着て、街に出よう——221
11 聖闘士《セイント》篤史——224
12 ある訪問——227

第5章

眉間にシワして、北朝鮮（前編）——232
眉間にシワして、北朝鮮（後編）——260

あとがき——281
文庫版あとがき——283

イラスト（今月の渡辺篤史）——川崎タカオ
本文デザイン——岩瀬聡

第1章

現場から万城目学です　その一　鹿男あをによし

二〇〇八年三月中旬のとある夜、私はいたく場違いなところにいた。目の前の席には玉木宏《たまきひろし》氏がいて、その両隣には綾瀬《あやせ》はるか氏、児玉清《こだまきよし》氏。私の隣には佐々木蔵之介《ささきくらのすけ》氏が座っていた。

現場はドラマ『鹿男あをによし』の打ち上げ会場である。ドラマに出演していた、まさしくキラ星の如《ごと》く光を放つスターたちを前に、なかなか顔をまっすぐ上げられない。うつむきながら目の前の飲み物をひたすら消費していると、「あ、飲み物持ってきましょうか」と佐々木氏に気を使われ、跳び上がって断る始末である。

児玉清氏があの奥深い声で、ドラマの思い出を語られた。ドラマも終盤、奈良文化財研究所でのロケで、児玉氏は自分の正体を暴露する、という非常に緊迫感あるシーンに臨んでいた。

カメラの前で、児玉氏は自分に顔を向けている他のキャストたちに、視線を与えたのち、用意された極めて重要なセリフを口にする、という演技プランを立てていた。

さあ本番、ひとりずつ視線を移していこうとしたそのとき、児玉氏は目の前に座る綾瀬はるか氏と多部未華子《たべみかこ》氏が、「すぴー」と寝息を立てて、眠りこんでいることを発見してしまったのである。確かに、画面では児玉氏ひとりのアップが映るだけで、綾瀬氏、多部氏の顔はいっさい映らない。二人の姿に一瞬、ズッコケそうになったのち、

「最近の子は緊張しないからスゴい」

と児玉氏はその剛毅《ごうき》な待機姿勢にいたく感嘆すると同時に、

「新しい時代が来ましたなあ」

としみじみ感じ入ったのだという。

そこへ鈴木雅之《すずきまさゆき》監督がテーブルにやってきた。

「マキメさんは綾瀬さんと多部さん、どっちが好きなの」

と監督はニヤニヤしながら訊《たず》ねてきた。

「それはもちろん、綾瀬はるかさんでしょう」

私は玉木宏氏の隣で、ニコニコしながら座っている綾瀬はるか氏の視線を頻に感じながら、重々しくうなずいた。

しばらくすると、監督の隣に多部未華子氏がやってきた。

「マキメさんは綾瀬さんと多部さん、どっちが好きなの」

監督はさらにニヤニヤしながら訊ねてきた。

「それはもちろん多部未華子さんでしょう」

と答えたら、一斉に周囲の顰蹙《ひんしゅく》を買った。間髪を入れず、玉木宏氏に「多部」の「た」あたりで、「ぬぉい」と盛大にツッコまれ、ちょっとうれしかった。

場はなぜかポール・マッカートニーの離婚の慰謝料が約四十八億円になった、という話になった。誰もが考えられないよねえ、と首を横に振っていると、

「四十八億円ですよ。四十八円、置くんとちゃいますよ」

と隣で京都が地元の佐々木蔵之介氏が、関西弁で豪快にぶっぱなした。思わず私が噴き出すと、

「今のはトミーズ雅《まさ》のネタやけどね」

と目が合ったところで佐々木氏はニヤリと笑った。

その場にいた全員で、放送前のドラマ最終回を観た。玉木宏氏と綾瀬はるか氏が、若《わか》草山《くさやま》山頂でキスするシーンになると、フロア中から大きな拍手が湧き起こった。玉木氏と多部未華子氏とのキスシーンでは、また雰囲気の違う、冷やかすような声が一斉に湧き上がった。

たまたま、モニターの正面最前列に座っていた私は、玉木氏の役得ぶりをはなはだうらやみつつ、いったい自分が演じるキスシーンを、俳優のみなさんはどんな顔で観てい

るのだろう、と気になって仕方がなかったのだが、なぜかこちらまで気恥ずかしくなってきて、最後まで後ろの様子をうかがうことができなかった。そこで振り返ると、その瞬間、夢が醒《さ》めてしまうような気がした。それくらい、どこまでも夢のような夜だったのだ。

以上、現場から万城目学でした。

その二　本屋大賞授賞式

四月上旬のとある夜、私は花飾りのついたオシャレな名札を胸につけ、たいへんな人混みをかき分けていた。

ようやく人の波から抜け出ると、正面の壇に向かって、テレビカメラがズラリと整列していた。その前を横切り、指定の位置に向かうと、作家の近藤史恵《こんどうふみえ》さんと桜庭《さくらば》一樹《かずき》さんが立っていた。

現場は二〇〇八年本屋大賞授賞式の会場である。拙著『鹿男あをによし』が大賞候補に選ばれたおかげで、授賞式に呼んでいただいたのだ。

桜庭さんが会場にお越しになることは、事前に聞いていた。桜庭さんといえば、年明けに直木賞を受賞されたばかりの、旬も旬な女性作家である。ちなみに面識はない。でも、またとない機会であるし、少しくらいお話をしてみたい。

とはいえ特に話題もないので、行きの電車のなかで、何かないかと考えた。その結果、桜庭さんが出演した『情熱大陸』をたまたま観たとき、桜庭さんの仕事部屋に、私が使っているものと同じ家庭用タイプのＦＡＸが映っていたことを思い出した。常々私は、家庭用ＦＡＸは印刷精度が低く、印刷スピードも遅く、どうも原稿の送受に適さないのではと感じていたので、あのＦＡＸで不自由はないか訊ねてみようと心に決めた。

しかし、ここに誤算が生じた。

会場にて、ふらふらと近寄り、桜庭さんとあいさつを交わすまではよかったのだが、桜庭さんのほうから、

「あの、マキメさんに訊《き》きたいことがあるんです」

と唐突に切り出されたのである。思わぬ展開に「な、何でしょう」と返したら、

「マキメさんの仕事部屋のイスは、どこで買ったのですか？」

と訊ねられた。

何でも、雑誌の仕事場紹介の写真記事で、私がイスに座り「このイスを買って腰痛がやわらいだ」と発言しているのを読んだのだという。最近腰痛に悩まされている桜庭さんは、授賞式で会ったら、ぜひそのイスについて訊いてみようと考えていたらしい。コミュニケーションを取りがてら、ついでに仕事上の問題点も解決する。

何やらお互い、思考の源が同じである。されど、こんなぺーぺーのために話題を用意してくれていたことが私はうれしい。私は細かくイスのことを説明した。説明している

うちに、授賞式が始まってしまった。

今年の大賞受賞者は、伊坂幸太郎《いさかこうたろう》さんである。「伊坂さん、かわいい」と桜庭さんがデジカメを手に、壇上の伊坂さんに向かって大興奮していた。しかし、相手は三十六歳の立派な大人である。さすがにそれは違うと思い、

「かわいいってのはどうでしょう」

と控えめに疑義を呈すると、桜庭さんがにわかに振り返り、

「あ、マキメさんもかわいいよ」

と妙なフォローを送ってくれた。

今度は一見して明白に違うと思った。

以上、現場から万城目学でした。

●

ちょっとした後日談である。

このエッセイは、『朝日新聞』の関西版に掲載され、東京では読むことができなかったので、私もつい調子に乗って桜庭さんに大いにご登場いただいたのだが、やはりひと言お礼をお伝えしたほうがいいのではないかと思い、桜庭さん担当の編集者の方にその旨《むね》、伝言をお願いしようとした。すると、

「あ、桜庭さんはもう知ってますよ」

といきなり返され、面食らった。

「え、どうしてです？」

「鳥取の桜庭さんのご実家に関西版が届くので、お母様がすぐ桜庭さんに電話して、『マキメさんがこんなの書いてるよ』と電話口で朗読してくれたそうです。ちなみに、桜庭さんのお母様はむかし演劇をされていたので、たいへん達者な朗読だったそうです」

という思わぬ豆知識とともに、冷や汗ものの情報を知らせてくれた。

聞くと、桜庭さんのお母様は「マキメさんて何だかおもしろい方ねえ」と好意的なご様子で、桜庭さんも寛容に受け止めてくれたという。ホッとするやら、新聞の伝播力《でんぱりょく》のおそろしさを痛感するやらで、とにかく新聞に文章を書くときは気をつけなければいけない、と認識を新たにしたのだった。

あの日から桜庭さんにはお会いしていない。

ちなみに、その後、イスを買い替えられたそうである。

現場から万城目学です――その三――鴨川ホルモー

四月中旬のとある昼下がり、私は京福《けいふく》電鉄嵐山《あらしやま》線、通称「嵐電《らんでん》」に揺られ、京都市街を移動していた。

こぢんまりした駅で下車し、駅前の細い道を進むと、急にだだっ広い敷地の前に出た。倉庫のような建物に案内され、脇のドアからなかに入ると、スモークが充満する薄暗い空間が広がっていた。なぜか地面は土で、目の前にはセットらしきものの窓が見える。まるで縁日のお化け屋敷みたいだと思いながら進むと、「本番です」という声が突如、鳴り響いた。音を立ててはいけないらしく、案内の人と薄闇のなか、直立不動の体勢で息をひそめ待った。数十秒後、「ＯＫです」の声とともに、ふたたび歩き始めた。通路の先に、ぽっとライトが灯《とも》っていた。そこに、私が書いた本の登場人物たちが座っていた。

現場は松竹京都撮影所。映画『鴨川《かもがわ》ホルモー』がまさにスタジオで撮影されていた。

次のシーンの準備にスタッフの方々が大勢動き回っている隣で、出演俳優のみなさんに短くあいさつして、スタジオ中央に構える巨大居酒屋セットを眺めた。

何とも奇妙な気分だった。

とりわけ深く考えて書いたわけでもないさまざまな設定が、こうしてどデカいセットになる。青竜を染め抜いた浴衣《ゆかた》になる。提灯《ちょうちん》になる。小太鼓になる。何より本物の人間の身体《からだ》を借りて、演技をしている。暗がりで出会ったヒロインの栗山千明《くりやまちあき》氏は、その役柄ゆえに、異様に大きなカツラをかぶっていた。その外観はほとんどカツラお化けの様相を呈し、小さな顔が今にもカツラに食われそうだった。

『鴨川ホルモー』は京都の大学生のズッコケ話ゆえ、役者は大学生の格好で演じることが求められる。次代を担う若きスターたちが、完全にそのオーラを消し、パッとしない大学生を見事に演じきっていることには驚いた。主演の山田孝之《やまだたかゆき》氏に至っては、学生食堂でひとり静かにきしめんをすすっていても、決して気づかれまい——それほどの完全な変化ぶりだった。

されど、近くでお話しすると、山田孝之氏、言うまでもなくエラい男前である。色素の薄い瞳が美しく、さすがスターだなあ、と有無を言わせず納得させてしまうものがある。しかし、演じるところは、大のさだまさしファンで、女性の鼻ばかり見ている、妙ちきりんな貧乏学生の役だ。俳優とは何と無茶を求められる仕事なのか、と山田氏の彫りの深い端整な横顔に、私は深い感銘を受けた。

さて、余談だが、後日私の話を聞いた実家の妹が、自分も見たいと言ってロケ見学に行った。そして、なぜか山田孝之氏の後ろに座り、ちゃっかりエキストラ出演を果たして帰ってきた。

今から公開のとき（映画は二〇〇九年に公開済み）が、楽しみであり、おそろしくもある私である。

以上、現場から万城目学でした。

万太郎がゆく、湯治と観戦

第一回——草津編

旅にはキッカケというものが必要である。
失恋したもよし。
連休に入ったもよし。
定額給付金をいただいたもよし。
『Sportiva』編集部から、仕事の依頼を受けたもよし。
加えて、旅をするからには、旅先でのイベントがあったほうが俄然《がぜん》楽しい。
潮干狩りもよし。
イモ掘りもよし。
バーベキューもよし。
ただ心をからっぽにして、温泉につかるもよし。
もちろん、スポーツ観戦もよし。

ならば、連載エッセイを依頼された万太郎が、湯治と称して温泉地を訪問し、然《しか》るのちにスポーツ観戦をするという、ありそうでなかった旅のやり方で、日本の津々浦々を回るのもまた——よしである。

＊

万太郎の本業は小説家である。

普段、万太郎は動かない。

家から動かないのではなく、そもそも座っているイスから動かない人生を近頃送っている。

パソコンの前でじっと動かず、画面を睨《にら》みつけ、ひたすら進まぬ原稿に挑む。それが万太郎の日々の仕事風景である。必然、同じ姿勢が続き、身体のあちこちが痛くなる。とりわけ腰と背中、首筋と肩——要は上半身全部が痛くなる。少し高めのパソコン用チェアを買って対策を講じても、たった一脚のイスがすべてを解決してはくれない。確かに、人間工学に基づいたデザインは、腰の調子が悪くなるスピードを緩めてくれる。しかし、決して回復はしない。どんな高価なイスに座ろうと、腰への負担は必ず存在するのである。

腰の調子が特に悪くなると、少し歩いただけで、腰周辺の筋肉がじんじんと鈍痛を発し始める。そのうち、裏側から回って、表側の腹のあたりまで痛みが伝わってくる。腰が痛いのか、腹が痛いのかわからなくなってくる。限界を超えてイスで仕事をすると、ときどきこの症状になる。こうなると、整体に行こうと、湿布を貼ろうと二週間は元に戻らない。腰痛は一線を越える前に、適切な処置が必要なのだ。

つまり、何が言いたいのかというと、まだ三十三歳という若さなれど、万太郎ほど定期的に湯治に行く必要のある小説家はそうはおらず、

「湯治と観戦」

なるタイトルが示すとおり、ただ単に温泉につかってスポーツ観戦して帰ってくるだけ、という世の真面目《まじめ》に働いているお父さん方から、

「ふざけるな、コノヤロー」

と礫《つぶて》が飛んできそうなぬるい企画に一見、捉えられるやもしれぬが、決してそうではないのです、ということが言いたいのである。

かくして、万太郎は記念すべき一回目の「湯治と観戦」に旅立った。

スポーツを専門にやったことは皆無の万太郎だが、スポーツ観戦はおしなべて好きである。特にひとつだけ挙げろと言われたならば、サッカーが好きである。ひいきのチームはベンゲル監督率いるアーセナルである。

そこで、栄《は》えある初回に万太郎が選択したのはJリーグ、すなわち「ザスパ草津《くさつ》」の

試合観戦だった。

なぜ、Ｊリーグ観戦なのにJ1ではなく、J2所属クラブの試合なのか?

言うまでもない。万太郎が草津温泉を訪れたことがなかったからである。

小説の神様は細部に宿るという。

「いや、違う」

と万太郎は即座に否定する。

「小説の神様は腰に宿る」

しかめっ面《つら》で腰を両の親指でぐりぐりと押し、万太郎は車で東京を出発した。BGMは綾瀬はるかの『飛行機雲』。一度対談する機会があったとき、ご本人からいただいたお宝CDをかけつつ(厳密には「こんなのもらっても、きっとうれしくないですよ」と自分から渡そうとしない綾瀬さんに代わって、マネージャーさんからいただいた)、関越自動車道へ乗りこむ。きっと今後、旅のオープニングテーマとなることだろう。

ザスパ草津。

「ザ・スパ」でザスパという、あまりに直球すぎてかえって目くらましになっている冠を戴き、現在J2五年目を戦う、群馬初のJリーグ所属クラブである。

ホームスタジアムは前橋《まえばし》市にある正田醤油《しょうだしょうゆ》スタジアム群馬。しかし草津温泉は前橋から、車を走らせること二時間半の場所にある。高速を降りて間もなくのところに伊香保《いかほ》温泉があり、湯治なら別にここでもよかったのではないか、と万太郎は一瞬考えたが、いやいや草津温泉まで行かねばならない。なぜなら「ザスパ草津」だからである。

草津の温泉街に入ると、街灯がザスパの垂れ幕で装飾されている。いよいよ、本拠地に進入である。街はとにかく硫黄《いおう》くさい。街の中心に湯畑という、湧き出した大量の源泉を外気で冷却し、周辺の旅館の内湯へと流す施設がある。

宿は「徳川《とくがわ》将軍御汲上《おくみあげ》の湯」がある奈良屋《ならや》である。いよいよ本題の湯治タイムである。瀟洒《しょうしゃ》な造りの、大きな浴場にもうもうと湯気が立ちこめている。白っぽいお湯につかると、肌の表面の毛細血管が一斉に騒ぎ出す。身体全体がぽかぽかするまでの時間が異様に早い。これが温泉なのか、と感嘆しつつも、万太郎は案外早く湯を出た。

実は万太郎、熱い温泉が苦手である。

そう、このエッセイは、日本人にとって最大の娯楽である温泉を、人並みに楽しみたい、という挑戦をも兼ねているのだ。

＊

「中村俊輔《なかむらしゅんすけ》と同じ地平でサッカーの話はできない。しかし、腰の具合についてはがっつり話せる」

と普段より豪語する万太郎だが、草津温泉の湯はすこぶる熱い。鉄分が含まれているのか、湯で顔を洗ったあと唇を舐《な》めると、風呂場で鼻血が垂れてきたときと同じ味がする。ぞくぞくするほど効能が詰まっていそうだ。されど、やはりその湯は温泉初心者には熱すぎて、

「せっかく、草津まで来たのだから、ゆっくりつかって腰の具合を改善しなければ」

という明日への想いと、

「熱い熱い熱い」

という現在への想いが交錯して、万太郎は落ち着きなく、露天風呂と内湯をうろうろしている。

草津温泉の由緒は実に立派である。

たとえば、万太郎がつかる奈良屋の湯は、かつて源頼朝《みなもとのよりとも》公が見つけたことから源氏の御旗をその名に冠した、白旗《しらはた》源泉から引かれたものであるし、江戸時代には八代将軍徳川吉宗《よしむね》のもとへ献上された「御汲上の湯」でもあるという。

難しいことを並べたが、要はかなり「デキる湯」ということである。奈良屋の豪勢な風呂場にて、そのデキる湯につかりながら、万太郎はザスパ草津のU－23チームに所属する成田憲昭《なりたのりあき》選手のお話を聞いた。

そう、この草津温泉では、ザスパ草津のサテライトチームの選手が従業員として、温泉宿で日中勤務している。一日の仕事を終え、深夜になって風呂場に現れたところで、

万太郎はお話を聞く機会を得たのである。

成田選手のポジションはＤＦだ。

坊主頭に身長百八十五センチを超える偉丈夫ゆえ、てっきりＦＷかと思いきや、小学校の頃から変わらぬ生粋のセンターバックである。

成田選手は朝六時に起床し、週五日の勤務をこなす。仕事のある日は昼間に練習する。旅館では主に布団の上げ下げといった力仕事を任されている。現在十九名のサテライトチームのメンバーが、草津温泉の旅館やホテルで勤務中なのだという。練習後の温泉は、やはり疲労回復に抜群の効果をもたらすそうだ。ちなみに、成田選手の理想のプレーヤーは元レアル・マドリードのイエロ。定額給付金で買ったものは、なぜか水着である。

成田選手はまだＪ２の試合に出たことがない。トップチームに昇格し、Ｊのピッチに立つことが今年の宿願である。成田選手はただ今、腹筋と背筋を鍛えているのだという。そこに筋肉をつけると、ヘディングの威力が増すらしい。湯けむりに包まれた露天風呂で、万太郎は成田選手の腹筋を拝見した。見事に八つに割れていた。実直そうな成田選手に似て、腹筋まで実直そうだった。

＊

翌朝、万太郎は草津温泉を出発。ふたたび二時間半かけて、草津温泉からホームスタジアムのある前橋を目指した。対戦相手は東京ヴェルディである。土肥《どい》がいる。大黒《おおぐろ》がいる。船越《ふなこし》がいる。監督はアジアの大砲高木《たかぎ》である。高校三年生のとき、万太郎はいわゆるドーハの悲劇を目撃した。あの試合ののち、クラスメイトのひとりが狂ったように、「アジアの大砲高木」と教室じゅうに落書きしていたが、今はその話ではない。

迎えるホームのザスパ草津にも、有名な選手がいる。公文式《くもんしき》の廣山《ひろやま》、アトレチコ帰りの玉乃淳《たまのじゅん》、前日に話を聞いたサテライトチームから上がってきた選手の名も見える。

草津節が妙な具合にアレンジされた曲とともに、両チームの選手が入場する。正田醤油スタジアムはひどい雨である。しかも寒い。風も強い。湯治の効果を軽く帳消しにしてくれそうな悪天候ゆえ、観客は二千人ほどしかいない。

キックオフ早々、ヴェルディが大きくボールを蹴った。空高く舞い上がったボールが落ちる先へ、ヴェルディの選手が殺到する。たったそれだけで、ザスパの動きが一瞬、止まったように見えた。その後、ザスパはわずか開始九分のうちに二失点。後半押しまくるも、結局一度もゴールネットを揺らすことのできぬまま、0－2でザスパ草津は完封負けを喫してしまった。

残念無念とつぶやきつつ、万太郎はスタジアムを出た。ふたたび綾瀬はるか『飛行機雲』をかけ、はるか東京目指し帰途に就いた。

家に戻ると、万太郎はずいぶん疲れていることに気がついた。湯治に行ったという実感ははっきり言って皆無である。長時間の車移動に加え、寒いスタンドで固まっていたことで、余計に腰の具合が悪くなったのではないか、という疑いすらある。

「湯治と観戦」の両立への挑戦は、まだ始まったばかりである。

第二回――山形編……のつもりが

「事件はリアルタイムで起こっている」

とはご存じ、海外ドラマ『24』の冒頭、主人公のジャック・バウアーが口にするお決まりのセリフであるが、このエッセイもまたリアルタイムで起こっているのだと冒頭から万太郎は声を大にして主張せざるを得ない。

六月もそろそろ終わろうかという、とある土曜の昼下がりのことである。

万太郎はフットサルをしていた。

ひさしぶりの運動だった。

この日のために買い替えたばかりの、白さが目に染みる新品シューズを履き、万太郎はやる気満々でコートを駆けていた。

それは、相手ゴール付近での何でもないプレーだった。

ラインアウトしたボールを味方が蹴りこむ際、万太郎はささささと誰もいないスペースに走りこんだ。よい動き出しだったのだろう。そこへタイミングよく、ころころとボールがやってきた。万太郎は転がってきたボールに右足を差し出し、後ろに引いた左足できゅっと身体の勢いを止めた。

その瞬間、

「ガツンッ」

と何者かに左足のシューズのかかと部分を蹴られたような、硬質な衝撃を受けた。

万太郎はこてんと前方に転倒した。

トラップミスした形で跳ね返されたボールはすぐさま、相手チームにかっさらわれ、波が引くように人が遠ざかっていくのを、万太郎はピッチにうつ伏《ぶ》しながら見送った。

「何するんじゃ、コラァ」

と万太郎は険しい眼差《まなざ》しで振り返った。このときに至っても、無人のスペースに走りこんだにもかかわらず、万太郎は誰ぞに背後から蹴られたのだと考えていたのである。

しかし、後ろには誰もいない。

「おや?」

このあたりから、嫌な予感はくすぶっていた。

三メートルほど離れた場所に、相手方のキーパーが立っている。

「すいません。今、僕のこと蹴りました?」

ええ、存分に蹴りました、という答えを期待しつつ、万太郎は訊ねた。されど、問いかけられた青年は、

「いえ……なんか、バチンという音が聞こえましたけど」

とくぐもった声で返してきた。

その当惑した表情を確かめたとき、万太郎はすべてを了解した。

やがて試合は中断、万太郎はクラブハウスまで担がれ、救急車が呼ばれた。救急車を待つ間、天井の蛍光灯を見上げると、視界の外周からぞわぞわと黒い影が中央にのぼっていくのが見えた。足に痛みはなかった。だが、この「立ちくらみどころではない、ぞわぞわ影」に万太郎は見覚えがあった。中学一年生のとき、両手首を同時に骨折し、保健室に向かう学校の廊下で、万太郎はこの影を見た。あのときも痛みを感じなかった。人間、度を越えた痛みを得た場合、脳がその情報の伝達を遮断するらしい。しかし、身体は素直に異常を察知し、勝手に低血圧状態に陥るのだ。

蛍光灯を見上げながら、きっと月に向かって何百万もの蛾《が》の大群が光を求めて飛び立つとき、その中心で月を仰いだらこんなふうに映るだろうな、と黒い影がますますぞわぞわと立ち上る様に、ぼんやり想像を働かせた。このまま見上げていたら気絶しそうだったので、机に伏せて救急車を待った。

担架に乗って救急車に運ばれ、病院に搬送された。救急車のなかに蚊が一匹いて、救

急隊員のおじさんが病院に着くまで、何度も壁を叩《たた》いていた。万太郎も、目の前にぷうんとやってきたとき、つかもうと試みたが失敗した。同じチームの付き添いで来てくれた人も逃していた。結局、誰も蚊を捕まえることができなかった。なんだか妙な車内だった。

＊

土曜日ゆえ、がらんとした病院で、当直の先生の診察を受けた。ちょっと触れただけで、

「アキレス腱《けん》、全部切れてるね。ほら、ここのところ何もないでしょ」

と先生はあっさり診断を下した。

確かに、右足のアキレス腱を見たあと左足に移ると、本来つっ張っているものが見当たらず、なだらかな曲線を描いている。つまり、アキレス腱の部分がへこんでいる。

「ああ――」

万太郎は心底ガッカリした。

二度とあんなふうに走って、フェイントするふりして結局バランス崩すだけでできなくって、よろけながらシュートを打ったら、へろへろの球筋――なんて風景をもう実感することはできないのかな、と思うとせつなかった。最後に点を入れたのはいつだっ

け？　と考えたが、思い出せなかった。
応急処置を施され、受付で名前を呼ばれるのを待ちながら、小野伸二《おのしんじ》は何度ケガして
も、はい上がってきてえらいな、としみじみ感じた。
実は万太郎、翌日午前八時の東京発の電車に乗り、「湯治と観戦」取材のため山形へ
赴き、天童《てんどう》温泉につかり、モンテディオ山形の試合を観戦する、というごきげんなスケ
ジュールを組んでいた。初の山形行きを大いに楽しみにしていた。しかし、アキレス腱
が離れたままでは、歩行もままならない。そもそも、「湯治」も何も風呂に入れない。
万太郎は会計を待つ間、がらんとした病院ロビーから編集部に電話をかけた。現状を
説明し、明日山形に行けない旨伝えると、しばらくの絶句の間が空いたのち、
「ち、ちょっと待ってください。編集長と相談しますので」
と告げられ、いったん電話を切った。
生まれてはじめての松葉杖《まつばづえ》を脇に差しこみ、歩く練習をしていると携帯電話が鳴った。
「あの……編集長が、できたらアキレス腱を切った話で一本書けませんか、と言ってい
るのですが——いかがでしょう」
とたいへん控えめな口調でお願いされた。
万太郎は「ああ、プロってたいへん」と心で涙しつつ、
「わっかりましたー。それで許してください」

と空元気を振り絞り、快諾の意をお伝えした。

かくして、山形行きは断念。かくの如き、どこまでもみっともない一編を書くに至った次第である。

次回からは、幸か不幸か断裂したアキレス腱の治癒を目指す、という本物の「湯治」目的まで加わりそうだ。

本エッセイはリアルタイムで起こっている。

万太郎がゆく、湯治と観戦

第三回――神宮球場編

さて、先月号にて記した、無様なるフットサル中の左アキレス腱完全断裂から、はや一カ月が経《た》った。

その間、万太郎は、離ればなれになったアキレス腱を糸でぎゅっと結びつける手術に挑み、患部をギプスでがっちり固定し、松葉杖生活を余儀なくされるかたわら、自著『プリンセス・トヨトミ』が候補に選ばれた第百四十一回直木賞選考の日を迎えた。

選考会当日、万太郎は二〇〇八年にプレミア・リーグ取材に行った際（第4章「万太郎がゆく、アーセナル観戦記」参照）、アーセナル・ショップでお土産《みやげ》に買い求めた、ゴム部分が深紅のアーセナル・トランクスを勝負パンツとばかりに勇ましく身につけ、吉報を待った。しかし、結果は惨敗。受賞した場合、白いギプスにピンクのリボンを蝶々《ちょうちょう》結びにして会見に臨むという淡い夢も泡と消えた。以来、万太郎はこのアーセナル・トランクスと何となく気まずい関係に陥り、使用を敬遠しがちだという。

落選の翌日、万太郎は病院にて、左足からギプスを外した。

およそ二十日ぶりに外界にさらされた万太郎の左足は、膝下部分がギョッとするほど細くなっていた。ほとんど押切《おしきり》もえ嬢の如くだった。さらには、足首の筋肉がはがねのように固まり、輪っかをはめたのかというほどまるで動かない。

さっそく足首をほぐし、少しずつアキレス腱を伸ばすリハビリを開始する一方で、万太郎は『アルプスの少女ハイジ』で長年の車イス生活から、いきなり立ち上がったクララの行動に重大な疑念を向けざるを得なかった。たった二週間そこらの固定で、これほど関節はがちがちに萎縮し、足の筋肉は痩せ細る。ギプスを外し、はじめて処置台から、足を地面に置いたとき、万太郎は筋肉への力の入れ方がわからなかったくらいだ。況《いわん》やクララをや。

もしも、あのクララの行動が真実ならば、彼女はきっと山小屋の自室でハイジとおやすみのあいさつを交わしたあと、ひとり寡黙にスクワットに励んでいたにちがいない。劇的な場面を演出し、ハイジをよろこばせるために、クララは必死でリハビリをしていたのだ。ああ、何て健気でいい子だろう——などと益体《やくたい》もないことを考えながら、万太郎は「観戦」の仕事をようやく再開した。

アキレス腱を断裂して一カ月、万太郎は神宮《じんぐう》球場に赴いた。

赴いたといっても、家の玄関を出たところから、スタジアム正面ゲート前まで、すべてタクシーでの移動である。

病院に行く以外、一カ月を通じてほぼはじめての外出である。これが会社員だったら、今のご時世ぜったいにクビだろうな、と暗い気持ちに陥りながら、スタジアムの階段を松葉杖をついて一段ずつ慎重に上った。

毎度のことであるが、薄暗い連絡口から顔を出したとき、スタジアムの全景がパッと目の前に広がる瞬間が、万太郎はとても好きだ。気分も自《おの》ずと晴れやかになる。光あふれるグラウンドでは、都立雪谷《ゆきがや》高校と帝京《ていきょう》高校の守備練習が始まっていた。

万太郎が高校野球の地方大会決勝を観戦するのは、小学生以来のことだ。父に連れられ、今はない大阪の日生《にっせい》球場にてPL学園と近大附との決勝戦を観た。PLのショートが群を抜いてうまく、また一塁への送球スピードが異様なほど速かったので、「何者だあれは？ いっそピッチャーやればいいんじゃないのか」などと父と話した記憶がある。それが立浪和義《たつなみかずよし》という名の選手だと知ったのは、翌年、彼がセ・リーグ新人王を獲ったときのことだった。

正午きっかり、夏の高校野球、東東京大会決勝が始まった。

試合前の守備練習のときから、帝京ナインの送球スピードが、都立雪谷より一段速く、また身体も帝京がひとまわり大きいことが少し気になったが、かつてPLと近大附が1－0の死闘を繰り広げたような展開を望みながら、万太郎は両校にエールを送った。

ちなみに現在、万太郎がもっともしびれる野球プレーは、ランニングホームランでもトリプルプレーでもない。サード方面からの厳しいタイミングの送球を、ファーストが思いきり身体を伸ばしてキャッチする場面である。言うまでもなく、注目ポイントは一塁ベースに残された一本足、限界まで伸びたアキレス腱だ。あれはまぶしい。まぶしすぎる。話はそれるが、最近女子バレーに彗星《すいせい》の如く登場した狩野舞子《かのうまいこ》選手を、万太郎は大いに応援している。理由はこれまた言うまでもなく、狩野選手が一度、右アキレス腱を断裂している、という話を聞いたからだ。アキレス腱を切っても、世界相手にバックアタックを決められる。こんなに勇気を与えてくれる材料はない。

拮抗《きっこう》した展開を期待した決勝戦だったが、試合は完全なワンサイドゲームに終わる。おそらく連投の疲れだろう。都立雪谷のピッチャーはまったく帝京打線を抑えることができず、結果は24－1という、東東京決勝の最多得点、最多得点差を記録する試合になってしまった。

これだけ大差で勝っても、帝京の監督が試合後のインタビューで、「緊張を保って」というフレーズを何度も使っていることが、妙に印象に残った。たとえ球場の観客全員が「圧倒的な試合」、もしくは「楽な試合」として目の前の勝負を客観的に眺めていたとしても、当事者は死んでも「楽な」なんて思ってはいけないのである。とことん、高校野球とは「教育」なのだ。

さて今回、「湯治」は完全に置いてきぼりにされたわけだが、まだ家の風呂にも満足に入れず、致し方ないところとはいえ、次回からはぜひとも通常進行に戻りたいと万太郎は切に願っている。

そう、万太郎完全復活予告である。

万太郎がゆく、湯治と観戦

第四回――関西編

始発の梅田《うめだ》駅からすでに満員の電車に揺られ、十年ぶりに万太郎は阪神《はんしん》電車甲子園《こうしえん》駅に降り立った。

駅前から続く目抜き通りの風景は以前と何ら変わりなく、徐々に勢いを強めてきた日差しのもと、足早に球場へ向かう人々の様子も相変わらずである。

はやる気持ちを抑え、万太郎も球場へ急ぐ。

しかし、断裂した左アキレス腱をくっつける手術をしてからまだ五十日。気持ちは先走れども、いかんせん足が言うことを聞いてくれない。松葉杖の必要はもうないが、のろのろとしか進めない左足を叱咤《しった》し、何とか人の流れについていく。

甲子園の前は大勢でごった返し、内野席のチケットを買い求める人の長蛇の列だ。バックネット裏は、試合開始三十分前の時点で、すでに売り切れである。高校生の野球をそんなに観たいのか、と驚くやら呆《あき》れるやらだが、万太郎もわざわざ東京からそれを目当てに来ているわけで人のことは言えない。

夏の高校野球に関し、万太郎にはひとつの苦い思い出がある。

高校一年の夏休みのことだった。万太郎は友人連中と甲子園に行った。待ち合わせ場所は阪神梅田駅の階段を下りた改札前。ちょうど友人らと合流したところで、万太郎はひとりのおばあさんに声をかけられた。

「兄ちゃんら、甲子園の内野席チケット買わへんか」

ご存じの方も多いだろうが、春夏の甲子園高校野球はプロと異なり、外野は無料だ。ただでさえ金のない高校生である。なぜに有料内野席などという贅沢《ぜいたく》を選択するのか、とけんもほろろに断ろうとした万太郎たちに、痩せぎすで小柄なおばあさんは、外野はすでに満員で入場待ちの列ができているという衝撃的な情報を伝えてきたのである。

「今から行っても入られへんで。今日は初日やから」

そう言って、おばあさんは手元のチケットを、これ見よがしにひらひらとさせた。

一時間後、万太郎らは甲子園の内野席に並んで座っていた。

二割も埋まっていないガラガラの外野席を誰もが無言で見つめていた。ラッキーゾーンが外野に残っていた最後の大会だった。わざわざ梅田まで出張って、高校生相手に小銭を稼ぐおばあさんのガッツに、万太郎は呆れを通り越してほとんど感心した。

それ以来十八年ぶりの、夏の甲子園内野席である。

本当は決勝にあたる日程を組んでいたのだが、台風のせいで二日順延してしまった。そのため準々決勝二日目の観戦である。それでも、十一時のプレーボール前に内野席はほぼ満員になった。ちなみに外野席は一日通して七、八割の入りだった。

これも縁だろうか、第一試合は神宮球場で東東京大会決勝を観たばかりの帝京と県立岐阜商との対戦だった。図抜けた実力で帝京が地方大会を突破する様を目の当《ま》たりにしていただけに、これは相当いいところまでいきそうだと思っていたら、やはりベスト8まで駒を進めていたのである。

第二試合の中京大中京と都城《みやこのじょう》商との試合も含め、万太郎が痛感したのは、とにかく内野の守備がうまいこと、そしてどの高校のブラバンも選曲がおそろしく古いということである。爆風スランプがいまだ大人気だ。二日後に夏を制する中京大中京が突如、『ドラゴンクエストⅢ』のラスボス・ゾーマ戦の曲を奏で始めたのに至っては、もはや意図がわからない。万太郎が考えるに、あれは大ピンチを演出するための曲である。

二試合ともに、初回にリードを奪ったチームが、その後一度も追いつかれることなく九回まで逃げきる、というもっとも堅実なゲーム展開だったゆえ、万太郎は試合内容よりも、今はファウルボールは係員に返さずもらえるのかとか、むかしは金魚すくいで使うような袋に入って百円だったかちわりが二百円なのかとか、甲子園を渡る風に乗ると、ふと声援がやんだ拍子に三塁側アルプス席で女の子ひとりが放った「がんばれ！」の声が一塁側のこちらまではっきり届くのかとか、別のことが印象深い。

もっとも、万太郎はこれまで野球を観戦して、中身を丁寧に覚えているものなどひとつもない。一試合のうち、ほんの一瞬でも記憶に留め置くシーンがあればそれでよい。

この日、万太郎がはっきり覚えているのは、中京大中京がグラウンドに登場したとき、四番でエースの堂林《どうばやし》選手の後ろ姿がとにかく大きかったことだ。お尻と太もものがっちり具合が、元巨人のピッチャー石毛《いしげ》を彷彿《ほうふつ》とさせた。決勝戦では最後のアウトひとつが取れず、優勝投手の座を逃してしまったが、この日は最後までひとりで投げ打ちまくっていた。来年はプロの世界に打者として挑戦するらしい。次にグラウンドで会う日はいつだろう。そのときはぜひ応援したい（その後、堂林選手はドラフトで広島が内野手として二位指名）。

甲子園観戦を終えた万太郎の次なる目的は「湯治」である。

阪神タイガースのイメージが強いせいで、ときどき大阪府にあると間違えられる甲子園だが、その所在地は兵庫県西宮《にしのみや》市である。

その兵庫の温泉といったら、ひとつしかない。

そう、有馬《ありま》温泉である。

回復途上のアキレス腱をひっさげ、万太郎は草津以来、ずいぶんご無沙汰にしていた「湯治」をすべく、一路有馬を目指しレンタカーを発進させた。

*

万太郎が有馬に到着したとき、すでに夕闇が狭い山間《やまあい》の空を薄ら覆《うつす》わんとしていた。

有馬温泉とは、かの太閤秀吉《たいこうひでよし》はじめ多くの戦国武将が愛し、さらには日本書紀や古事記にも登場する日本三古湯《さんことう》のひとつとしても数えられる、折り紙付きの名泉である。ちなみに、残りの二つは、愛媛の道後《どうご》温泉と和歌山の白浜《しらはま》温泉。かつて日本の中心が西日本にあったことを今によく伝えるチョイスだ。

宿泊先の陶泉御所坊《とうせんごしょぼう》に到着した万太郎はさっそく、風呂に向かった。アキレス腱を断裂してから、はじめての温泉である。どんな効き目があるだろう、とワクワクしながら、片足ずつ風呂場へ向かう階段を下りていたら、仲居さんに「大丈夫ですか」と声をかけられた。

「足をケガされたんですか?」

と訊ねられたので、

「はい、アキレス腱を切ってしまいまして」

と万太郎が正直に答えると、

「え? 今日?」

と素《す》っ頓狂《とんきょう》な声を上げられた。

さすがにさっきアキレス腱を切ったばかりで、杖も使わず、こうして温泉に向かうご陽気者はいまい。いや、それとも、そのくらい驚異的な回復を果たす湯ということなのだろうか。何せ、有馬の湯には「金泉《きんせん》」という名が与えられているのだから。

いよいよ期待を高めながら、風呂場に入った万太郎が目にしたものは、泥水にも似ているがそれよりずっと赤く、また明るい、およそ見たことのない湯だった。完全に不透明であり、舐めると何としょっぱい。ここは海辺の温泉街かと勘違いしそうになるほどしょっぱい。されど、有馬は山のど真ん中だ。ナトリウム塩化物が含まれるがゆえらしい。

湯につかった万太郎はさっそくリハビリを開始する。一度は離ればなれになったアキレス腱をつなげる手術から二カ月に満たない患部はまだ痛い。しかし、自分でも意外なことには、アキレス腱を伸ばしても痛みはほとんどない。痛いのは、逆に縮めるときだ。つまり、つま先立ちすると、アキレス腱が縮むと同時に、周囲の筋肉は身体を持ち上げようとがんばる。このときが痛い。

たとえば、みなさんは片方の足だけでバランスを取り、

「さあ、そのままつま先立ちしてみましょう」

と言われたら、いとも簡単にスッと背伸びができるだろう。

だが、これができない。力を入れるだけで痛い。当然、かかとは一ミリも上がらない。

このまま片足で全体重を持ち上げるなど、今はまだ夢のまた夢である。

万太郎は金泉につかり、黙々とリハビリに励んだ。病院で教えてもらったストレッチをこなし、疲れたら湯の中で肉をほぐす。あっという間に時間が経ち、気がつけば夕食開始の時間を過ぎていたので、万太郎は慌てて部屋に戻った。

ストレッチ中は、太ももから上を湯から出していたからだろう。万太郎はのぼせることもなく、一時間ほどの入浴を楽しむことができた。そのぶん温泉の効果は如実に身体に表れた。血行がよくなりすぎたせいで、部屋に戻っても暑くて仕方がない。仲居さんが料理を運んでくれている横で、万太郎はずっと汗を拭き続け、たいそう恥ずかしかった。

翌朝も食事の前に湯に入り、みっちりリハビリメニューをこなした。湯につかって、アキレス腱に触れると、手術痕付近のしこりが明らかにほぐれたように思える。生まれてはじめて、万太郎は温泉というものを正しく使った気分に浸りながら、お土産に炭酸せんべいをしこたま買い求め、ホクホク顔で有馬をあとにした。

＊

甲子園の翌日、万太郎が向かった観戦先は、全日本ビーチバレー女子選手権大会である。ビーチの妖精・浅尾美和《あさおみわ》である。

しかし、貪欲にダブルヘッダーの観戦予定を組んだはよかったが、いかんせん会場が遠かった。有馬から高速を飛ばしても、到着までゆうに三時間かかった。何しろ会場は大阪の南端に位置する岬町《みさきちょう》だ。大阪で生まれ育った万太郎ですら、果てしなく遠いイメージがある場所だ。

ようやく試合会場である潮騒《しおさい》ビバレーに到着して、万太郎は周囲の風景に驚いた。「ピチピチビーチ」と「ときめきビーチ」なる白砂まぶしい小ぎれいなビーチには（そう看板が立っている、さすが大阪）、大勢の海水浴客が押し寄せ、広い砂浜にはいくつものビーチバレーコートが設けられ、若者たちで大賑《おおにぎ》わいだった。

楽しそうだなあ、とそれらの様子を眺めながら、砂浜に面した会場に入ると、ちょうど目の前で浅尾美和・西堀健実《にしぼりたけみ》ペアが試合をしていた。と思ったら、十分も経たぬうちに、あっさり敗退してしまった。

浅尾ペアがいなくなったら、何ということか、観客が一気に席を立ち、ぞろぞろと帰っていく。その後、残った観客に見守られ、さびしく決勝戦が始まった。試しにスタンドの観客を数えてみたら、ジャスト九十人だった。

お金を払って入ったのに、別の入り口から海水浴客が勝手に入って観戦できる妙な会場だった。観客がみんな待っているのに、試合後の表彰式の準備にだらだらと三十分もかかった。選手も運営も全員がぼんやりしているのが、観客席から丸わかりのつらい時間だった。こりゃ駄目ですわ、と万太郎は途中で席を立った。

駐車場まで歩きながら、足の調子を確かめると有馬の金泉効果か、実に軽やかである。

万太郎は暮れなずむ、ピチピチビーチの空に思わず詠じた。

まるでこの企画のためにアキレス腱を切ったみたいですなあ、と。

第五回——武蔵野編

豊かな香りとともに、あちらこちらに咲き乱れる金木犀《きんもくせい》を眺め、

「ああ、もしも金木犀の花粉にアレルギー反応を起こすようになったら、きっとこの道は地獄だろうな」

などと考えながら、万太郎は自転車を漕《こ》いでいる。

ＪＲ吉祥寺《きちじょうじ》駅を降りて徒歩三分。市営の駐輪場にて、二百円で貸し出しているレンタサイクルに乗り、閑静な住宅街を突っ切り万太郎が向かうのは、武蔵野《むさしの》陸上競技場だ。

「温泉に入って、スポーツを観戦する」

このシンプルかつ和モダンなコンセプトのもと、ときにアキレス腱を切って自宅休養を余儀なくされることもありつつ、これまで万太郎はさまざまな温泉地を巡り（といっても二カ所だが）、スポーツ観戦を楽しんできた。目下の悩みとして挙げられるのは、企画趣旨を人に説明すると決まって、

「まあ、何というぜいたくな」

という多分に批判的なニュアンスを含んだ反応を返されることであろう。昭和の時分ならば、

「おいしいものを毎週食べられて、まったくいいよなあ、『料理天国』の龍虎《りゅうこ》さん！」

といった揶揄《やゆ》と同類項か。しかし、万太郎が声を大にして主張したいのは、

「龍虎さんも仕事だったんです！」

ということである。

とはいえ、万太郎も考えた。

確かにこの経済の状況が芳しくない世の中、毎度遠隔地に赴き、湯治とスポーツ観戦を楽しむというのは、あまり身近ではない娯楽形態かもしれぬ。ならば、ここは一度、近場でリーズナブルな「湯治と観戦」プランというものを提案できないものか。そうだ、あのひどい語感の「安・近・短」というやつに、トライしてみよう――。

かくして、万太郎は休日の武蔵野へ向かった。

駅から自転車を漕ぎ続けること、およそ十五分。武蔵野陸上競技場で万太郎を待つのは、JFL（日本フットボールリーグ）所属の横河《よこがわ》武蔵野FCとジェフリザーブズとの試合である。

ごくごく普通の運動競技場ゆえ、メインスタンド以外はすり鉢状の芝生席がぐるりと

グラウンドを囲んでいる。万太郎は芝生に寝転んで、のんびり試合を観戦することにした。ＪＦＬともなると、さすがに観客数も少ない。芝生エリアでは、お父さんが熱心にボールの行方を追い、子どもたちがひたすら急傾斜の芝生の坂を上ったり下ったりして遊んでいる。刈られた芝生を集め、小さな子どもたちが遊ぶ姿は、まるで彼ら自身が放牧されているかのようなのどかな風景である。

それにしても、あんなにピッチの真横でサッカーの試合を観たのは、高校の体育の授業以来だった。ＪＦＬとはいえ、とにかくボールへのチェックが速い。中盤には人がひしめき合い、フリーでドリブルできるチャンスもほとんどない。実にまじめで厳しいサッカーが繰り広げられていることに驚いたのだが、何より驚いたのは横河武蔵野ＦＣの監督が万太郎と同い年ということだった。

そういえば、万太郎が会社員生活をしていたとき、同じ職場にいたひとつ年下のＶリーグのバレーボール選手が、今年から母校の高校バレー部の監督になった。万太郎もいよいよ「青年監督」の範疇《はんちゅう》にひっかかる年頃になったということなのか。

試合はホームの横河武蔵野ＦＣが前半に挙げた一点を守りきり、完封勝利を果たす。万太郎は次なる目的地に向け、颯爽《さっそう》と自転車のサドルにまたがる。三鷹《みたか》駅を越え、さらに南へ、調布《ちょうふ》市まで漕ぎ続けること四十五分。鬱蒼《うっそう》とした森が急に道路の向こうに見え始めた頃、万太郎は名刹深大寺《じんだいじ》に到着した。

深大寺といえばだるま市、そして深大寺そばである。断裂した左アキレス腱は依然完治にはほど遠い状況だが、自転車を漕ぐぶんには何の問題もない。地面を踏むとき、人間はアキレス腱をほとんど使わないようで、ペダルにかなり力を入れても、まったく痛みがないのである。ただし、疲労は溜《た》まりやすい。ゆえに万太郎は体力回復のため「湧《ゆう》水《すい》」なる店で、香り高い新そばをいただいた。歯ごたえある麺は実に美味で、もう一枚重ねたいところだったが、これから温泉に入るところだったことを思い返し、ぐっと堪《こら》えた。

この深大寺には温泉がある。

地下千五百メートルから掘り出した近代的な温泉だが、「ゆかり」という立派な温泉施設には、なかなかへんぴな場所にもかかわらず、驚くほど多くの人が訪れていた。

武蔵野の湯は黒かった。

まるでコーヒーを一面に淹《い》れたかのような「黒湯」につかり、万太郎は術後四カ月が経過したアキレス腱を伸ばした。プロスポーツ選手は、アキレス腱を切った場合、六カ月で実戦復帰を果たすのだという。中・高校生に至っては、二、三カ月で部活に戻る強《つわ》者《もの》もいるらしい。身体ができ上がる中途にいる十代は、「作る」と「治る」が同時に行われるのだろう。残念ながら、リハビリの先生によると、三十三歳の万太郎は平均よりも遅めの回復状況なのだという。

「動いてください、歩いてください」

という先生の指示はもっともだと思うのだが、いかんせん、こちらは動かず机に向かうのが仕事だから、どうにも一致点が見出《みいだ》せない。せめてこういうときに少しでもやっておかないと、といつの間にか、小雨が降り始めた露天風呂で、万太郎はストレッチに励んだ。湯の中で患部をもみほぐし、少し湯を舐めると、武蔵野の湯は有馬と同じ塩の味がした。入浴後、ほかほかした身体でコーヒー牛乳を飲んだのち、万太郎は借りた自転車を返却すべく、吉祥寺駅に向け一時間弱のサイクリングを再開した――。

さて、いかがだっただろうか。武蔵野近郊で完結する、ピンポイント「湯治と観戦」。こういうやり方も案外楽しいな、次回もこの形でいくか、と思いきや、振れ幅も極端に、来月は一気にバルセロナまで飛ぶ。

万太郎、ついに夢のクラシコを観戦する。

万太郎がゆく、湯治と観戦

第六回――バルセロナ編

（この編は、第4章「万太郎がゆく、クラシコ観戦記」を狭んで、『Sportiva』に掲載された「湯治編」である。）

バルセロナに赴き、万太郎はしこたまクラシコを堪能した。されど、もちろん連載の基幹を忘れてはいない。たとえバルセロナに行ったとしても、「観戦」といっしょに「湯治」をせねばならぬ。

そこで万太郎が向かったのは、「Caldes de Montbui（カルデス・デ・モンブイ）」という、バルセロナ市内からタクシーに揺られること一時間の、山間の小さな町である。何とこの町には温泉が湧く。摂氏七十四度の源泉が、ローマ時代からふつふつと湧き続ける、ヨーロッパ屈指の温泉地なのだ。

もしも、日本でこのような場所が見つかったら、ものの一年で箱根《はこね》のように宿が林立し、あっという間に観光地化してたいへんな騒ぎになるだろう。しかし、そこは文化の違い。このカルデス・デ・モンブイはどこまでも鄙《ひな》びている。ホテルに併設されたスパが二、三軒あるくらいで、客もまばらである。じいさま、ばあさまがときおりよろよろと道を歩いているが、果たして湯治客か、地元の老夫婦なのかもわからない。

広場に面した老舗《しにせ》ホテルに入り、万太郎はスパを申し込んだ。なぜかホテルのロビーは、フクロウの置物だらけだった。オーナーの趣味なのか何なのか、小さなフクロウの人形があちこちに置いてある。ざっと千羽は並んでいる。少々、気味悪く思っていると、受付脇に、バルセロナ・オリンピックのとき、ハンドボールの選手が泊まったというプレートが掲げてあるのを見つけた。オリンピック選手が使うくらいなら、相当いい湯治効果が望めるにちがいない。万太郎は期待に胸を膨らませ、案外高いスパの利用料十九ユーロ（約二千五百円）を払い、水着に着替え、バスローブを羽織り、おばさんに案内されるままにモダンな廊下を進んだ。

「じゃ、ここを使って。三十分ね」

とおばさんは突き当たりのドアを開けた。そこには、小さなプールくらいの大きさの浴槽が部屋いっぱいに広がっていた。しばらくすると、部屋の明かりがつき、ジャグジーが泡を噴き始める。万太郎はバスローブを脱ぎ、浴槽へ進んだ。

「うおおう」

膝までつかるなり、思わず万太郎は声を上げた。

ぬるい。

ホテル前の広場で、魚の頭を象《かたど》ったモニュメントから、勢いよく源泉が吐き出される様を、たった今見てきたばかりなのに、手を触れて「あちち」とやってきたばかりなのに、家族全員が入った最後のお湯かというくらい、ぬるい。

イギリス人は食材を二度殺す、という。

それはすなわち、狩りのときに一度、調理のときにまた一度殺す、というイギリス料理のマズさを揶揄《やゆ》した言葉なのだが、万太郎はこのカタルーニャの地で、新たな言葉を編み出さざるを得なかった。

スペイン人は名湯を二度殺す。

せっかくの源泉をほとんど活用せず、使ったとしてもこのぬるさ。いやいや、これはスペインだけではなく、ヨーロッパ共通の習慣なのかもしれないぞ、と考えながら、アキレス腱をもんだ。術後、はや五カ月が経っている。ギプスを取ったばかりのときは、もう二度と普通に歩ける気がしないと思った左足も、「自分では普通に歩いているつもりだが、他人が見たらほんの少し引きずっている」程度まで回復した。筋を挟むようにして、指でほぐすと、手術直後に比べずいぶん細くなってきたことがわかる。それでも切れていない右側の倍の太さはある。この腫れがひいて、いつか右と同じくらいに細くなるのだろうか。病院の先生に訊いたらいいのだろうが、何となく一生ものの決定的なことを言われそうで、こわくて訊けない。

ぬるま湯を舐めるが、特に味はしない。日本のように成分表が壁に貼ってあるはずもなく、いったい何の効能があるのかさっぱり不明のまま、ぼんやりつかっていると、いきなり部屋の照明が消え、風呂の泡が止まった。もう三十分が経ったのだ。

たったこれだけで十九ユーロ分が終わりである。何ら温まっていない身体を引き上げ、万太郎は着替えると、すごすごとホテルを出た。何をしに来たのかよくわからない。されど、空は十一月も終わりというのに、清々《すがすが》しいほどの青さで実に気持ちよかった。

さて、このたびのバルセロナ滞在中、万太郎は通訳として前嶋聰志《まえじまさとし》氏の力を大いに借りた。この前嶋氏、二十八歳の若さにもかかわらず、二〇〇九年夏まで中村俊輔が所属するエスパニョールの二部でコーチをされていた方である。

前嶋氏はとても食いしん坊である。

それゆえに、

「おいしいもの食べましょう！」

と三年間のバルセロナ滞在で培った経験をもとに、万太郎を夜な夜なすばらしいレストランに連れていってくれた。皿いっぱいのオリーブに、肉厚な生ハム、マテ貝をガーリックで炒《いた》め、ブイヤベースはどんと大皿で、サングリアはみずみずしく、イカ墨パエリアはどこまでも新鮮だった。バルセロナは港町だ。万太郎は海鮮料理が大好物なので、前嶋氏が紹介してくれた品々が、どれもたまらなくおいしかった。

前嶋氏はカレー風味のエスカルゴをもりもり平らげながら、明日バルサBチームの試合があるのですが、観に行きませんか、と提案してくれた。万太郎はすぐさま「行きます！」と返事し、翌日カンプ・ノウの横にあるミニスタジアムに向かったのだが、そこで観戦したスペイン三部リーグにあたる試合は、クラシコを前に、実に意味ある予習となった。というのも、バルサBがやるサッカーがフォーメーションはもちろん、GKから始まるボールの回し方まで、トップチームとうり二つだったからだ。

どうしてこんなにうまくボールが回せるの、とほとんど呆れながら、万太郎は閑散としたスタンドから試合を見守った。明日に控えたクラシコへ静かな興奮が早くも募るのを感じながら、バルサBの勝利を見届け、万太郎は席を立った。

「おいしいもの食べましょう！」

と前嶋氏がさっそく声を上げた。もちろん万太郎はすぐさま「行きます！」と返事し、その夜も最高のスペイン料理を腹いっぱい詰めこんだわけである。

第七回——札幌編

二〇〇九年の夏、フットサルの最中に万太郎が唐突にアキレス腱を断裂したのは、まさにこの「湯治と観戦」取材前日のことだった。

予定していた取材先は山形、湯治先は天童温泉だった。当然、切れたままのアキレス腱を引っさげて向かえるはずもなく、山形行きはお流れになった。

あれから、はや半年。すでに、日常生活には何の支障もなく、背後に迫ってくるバスを振り返りつつ、バス停に向け走ることができるまで、アキレス腱は回復した。ただ、プロスポーツ選手でも、断裂前の八、九割の筋力しか戻らないよ、と病院の先生に言われていたとおり、走っていても地面を蹴り返すという感覚が少し足りない。全速力で走るのも、まだこわくてできない。

それでも、こうして無事回復したことであるし、万太郎は今こそ一度は頓挫《とんざ》した山形行きを敢行すべきと考えた。さありベンジだとばかりにさっそく、新年、山形で開催されるスポーツを探した。

ところがどっこい、何も大会が見つからない。

やはり、雪深い東北の地。Jリーグ秋冬制に本気で反対する地。試合をやりたくても、できないのだろう。それに一月は、ほとんどのプロスポーツ選手が次シーズンに向け、休養するタイミングでもある。

万太郎は泣く泣く山形というチョイスをあきらめ、その他の地域でのウインタースポーツの試合を探すことにした。結果、山形よりもさらに北の地にて、スキージャンプの大会が行われることを突き止めた。

万太郎はこれまでスキージャンプというものを実際に観たことがない。いったい、人が生身で、ときに百四十メートルもかっ飛ぶという眺めがどういうものなのか、想像もつかない。それに、「失速」というやつもわからない。テレビでスキージャンプを観戦していると、テイクオフから空中での姿勢に至るまで、まったく同じなのに、突然、ずいぶんと手前に着地することがある。観衆の「あ〜」というため息を聞くたび、万太郎はこの「失速」がどのタイミングで起こるのか、密《ひそ》かな興味を抱いた。というのも、会場で実際に観戦しているはずのアナウンサーが、テイクオフしてからもノリノリの実況を続けるのに、着地と同時に突然その実況のテンションを下げるからである。K点より三十メートルも手前に着地するようなジャンプなら、もっと前の段階でわかるんじゃないか——？　という長野五輪から抱き続けていたもやもやを解くチャンスが到来したことを、大会ホームページを発見したときから早くも万太郎は感じ取ったのである。

かくして、万太郎は「ＦＩＳワールドカップジャンプ２０１０札幌大会」の観戦に向かった。

北海道は、すこぶる寒かった。

その日の札幌《さっぽろ》は一日の最高気温が摂氏マイナス四度という、冗談のような寒さだった。新千歳《しんちとせ》空港からレンタカーで移動を始めた万太郎は、まず札幌市内を目指した。街は完全な雪景色である。路肩は雪の山で、路面も凍結、ＡＭラジオから流れる中島《なかじま》みゆきの歌声が、窓の外の風景に異様によく似合う。今夜、万太郎は定山渓《じょうざんけい》温泉で一泊して、翌日大倉山《おおくらやま》ジャンプ競技場にて、ワールドカップを観戦するという予定を組んでいる。ゆえに万太郎は、交差点で右折・左折をするたび、控えめにスリップする車を慎重に走らせ、まずは昼食に北海道ラーメンとしゃれこんだ。

「すみれ」という店で、塩ラーメンをいただいた。スープの上が油で覆われているため、レンゲですくってもスープの熱が遮断され、湯気が出ない。何も考えずにレンゲをすった万太郎は、一発で舌の先をやけどした。でも、おいしかった。

続いて、ＨＴＢ（北海道テレビ放送）に向かい、放送局隣の公園で写真を撮った。これは万太郎が大好きな『水曜どうでしょう』の冒頭で、いつもこの公園がロケで登場するからである。完全に雪原と化した公園で、番組で使われるアングルと同じ構図で記念撮影したのち、万太郎は局のマスコットキャラクターであるｏｎちゃん人形を買い求め、ほくほく顔で湯治地へと向かった。

雪による悪路ゆえに二時間以上かかったのち、万太郎は札幌の奥座敷と呼ばれる、定山渓温泉は「ぬくもりの宿　ふる川」に到着した。

定山渓の湯はさらさらとしていた。そして、少しだけしょっぱかった。ああ、ナトリウム塩化物泉なんだな、と見当がつくほど、万太郎の温泉知識もいつの間にかレベルを上げていた。あたりは一面の雪景色なので、露天風呂に出ると、肌にまといつく寒気の質が違う。首から上がいたく涼しいので、長湯が苦手な万太郎も、長時間、露天を楽しめた。室内に戻り、大きな風呂の隅で、いつものように黙々と左足のストレッチに励んだ。かなり、がんばったぶん、夕食が倍おいしかった。

＊

翌朝、宿を出たら、突き抜けるような青天が広がっていた。これはきっとジャンプする姿が空に映《は》えるだろうなあ、と期待しながら、相変わらずのマイナスの気温のなか、万太郎は大倉山の試合会場へ意気揚々と出発した。

見事なまでの冬晴れの空に、「湯治と観戦」テーマソングに選定していたにもかかわらず、すっかりご無沙汰だった綾瀬はるかの『飛行機雲』がよく似合う。ちなみに、作曲は蔦谷好位置《つたやこういち》。YUKIの『ハローグッバイ』『JOY』の作詞作曲、Superfly の『愛をこめて花束を』の編曲なども手がけた方だ。どれも万太郎が「音の重ね方が何かおもろいのー、聴き心地ええのー」とお気に入りだった曲である。やはり、好みというものは、歌い手が変わっても通底するものらしい。

大倉山山上に位置するジャンプ会場には直接車で入れないため、麓《ふもと》の円山《まるやま》動物園駐車場に、万太郎はいったん車を停《と》めた。いくら晴れていても、依然マイナスの気温に備え、スキー用ズボンと靴に装備変更し、タクシーで会場へ向かった。

タクシーから降りると、勇壮なジャンプ台の風景が真正面から万太郎を迎えてくれた。時刻は十一時四十分。競技は十一時開始なのだが、慣れぬ雪道でのノロノロ運転のため、遅れてしまった。白いジャンプ台と真っ青な空の美しいコントラストに見とれつつ、会場への階段に急いで向かうと、外国人が三人下りてくる。お、さすがワールドカップと思いながらすれ違ったら、続いて日本人の夫婦が笑いながら下りてきた。さらに、四、五人の女の子グループが続く。あれ？　試合中なのにずいぶん悠長だな、休憩タイムなのかな、と訝《いぶか》しみつつ、万太郎は階段を上りきった。

目の前に、大勢の人が集まっていた。誰もがカメラを手に、ジャンプ台ではなく、ジャンプを終えた選手が着地して、減速停止するあたりにレンズを向けている。何事かと万太郎が背伸びして、人垣の先を確かめると、蛍光イエローのスキー板の先端が三組、「山」の字のように並んでいるのが見えた。

おや?

静かに訪れる動揺とともに、万太郎がゆっくりと混乱の海へ漂い始めたところへ、大会委員長らしき男性が、

「えー、本日は……」

とあいさつを始めた。さらには、国旗と大会旗が、ポールからするすると降納された。

この段に至ってようやく、万太郎はおそるべき事態を把握した。

大会、終わってるやん――。

万太郎は呆然《ぼうぜん》と立ち尽くし、選手、観客はもちろん、スタッフのひとりすら見当たらないジャンプ台を仰いだ。電光掲示板には、葛西紀明《かさいのりあき》選手の名前が三位に入っていた(この後、繰り上げで二位に)。これはさぞ盛り上がっただろう、という万太郎の予想を証明するように、周囲のみなさんの表情がやたらと晴れやかである。「いいもん観た」という満足感が、どの顔からもひしひしと伝わってくる。

「おもしろかったねえ」

と笑いながら、会場をあとにする人々を見送りながら、万太郎はこの一年、国内を回り、さまざまな競技を観戦する機会を得たが、実のところ、試合運には見放され気味だ

ったことを、改めて思い出した。ほとんどの試合が先行逃げきり型で、逆転や混戦といった、スポーツの醍醐味《だいごみ》を心から楽しむ、という展開には、なかなか出会えなかったのである。

しかし、心やさしいスポーツの神様は、最後の最後でナイスゲームを万太郎に用意してくれたらしい。にもかかわらず、与えられたチャンスを、はるか北海道まで足を運びながら、万太郎はみすみす逃してしまったのだ。

あとで聞いたところによると、悪天候のおそれあり、ということで、競技開始が一時間早まったのだそうだ。どこまでも快晴の大倉山の空を見上げ、いくら恨み節を詠じたところで仕方がない。ギシギシと音を鳴らす雪を踏みしめ、万太郎は肩を落とし大倉山から退散した。

その後、万太郎は空港に向かう途中、二条市場《にじょういちば》で毛ガニを買い求め、遅い昼食に北海道名物スープカレーをいただいた。温泉に入ってカニを土産に持って帰る——完全なる観光客を演じ、万太郎は失意のまま帰着便に搭乗したのである。

かくして、万太郎の一年にわたる「湯治と観戦」の旅は幕を閉じた。

まったく、どこまでも間抜けな旅だった。

そもそも旅をしようとする矢先に、アキレス腱を切り家から一歩も動けなくなった。

やっと動けるようになったら、今度は時間を間違えて、試合を逃した。

まあ、所詮そこまでの男よ、と万太郎は冷静に現実を受け止めつつ、一方で、各地の温泉につかり、アキレス腱を診《み》てくれている先生から教えてもらった腰痛体操なるものも採り入れるなど、治療意識を高めた結果、一年前よりもずいぶん腰・肩の調子がよくなったことを、ここに報告しておこう。

アキレス腱を切る原因になったフットサルは、あれからやっていない。だが、春が訪れる頃の復帰を願い、万太郎は今日も風呂につかり、患部をもみもみし、ストレッチに励む。

「湯治と観戦、ときどき実戦」

これが、今後の万太郎の目標である。

今月の渡辺篤史

1 篤史とは何ぞなもし

「おはようございます、渡辺《わたなべ》篤史《あつし》です」

から始まる日曜朝の名物番組がある。

その名も『渡辺篤史の建もの探訪』。テレビ朝日系列で、平成元年より放送されている、日本を代表する長寿番組だ。

タイトルにあるとおり、この番組の肝要は、渡辺篤史が視聴者のお宅を訪問、そこに住むご家族のライフスタイルに触れ、こだわりの建築デザインを堪能する、ただそれだけにある。

私は長らく、この番組の大ファンだ。毎週、欠かさずに観続け、もう五、六年になる。もしも、無人島にテレビ番組を一つ持っていけと言われたなら、私は迷わずこの番組を持っていく。いや、一つの場合はちょっと迷うかも。三つなら、必ず持っていく。

この『渡辺篤史の建もの探訪』最大の魅力、それは、美しき定型の妙にある。

進行の形態は毎週完全に決まっている。まず、篤史が玄関インターホンを押し、家人が現れたところで「おはようございます。渡辺篤史です」。間取り、材質等、玄関をひととおりチェックし、リビングへ。そこではさっそく、恒例の篤史のチェア・チェックが待っている。家人厳選のチェア、ソファに腰を下ろし、篤史は温泉につかっているかのような恍惚《こうこつ》の表情。その後、部屋全体を見回しての俯瞰《ふかん》コメントが前半部のクライマックス・シーンになる。

後半は寝室および子ども部屋をチェック。若い夫婦が別々の寝室を平然と紹介したり、豪勢な子ども部屋が登場したり、子どもがいない夫婦ならではの熱い趣味の部屋があったり、その家族の根幹がうかがえる時間である。

二世帯家族の場合、その後、おじいさん、おばあさんが登場。それまでのスタイリッシュな内装とはガラリと様相を変え、オシャレ間接照明の下にこけし、博多《はかた》人形といった、どこかホッとする空間が登場する。

最後は「いかがでしたか。＊＊さんのお宅」で締め。篤史の類《たぐ》い稀《まれ》なるコメント能力と、こだわりの注文住宅の美しさが織りなす、磐石《ばんじゃく》の番組構成三十分なのだ。

近いうちに家を建てようと思っている方は必見。いつか家を建てるつもりの方も必見。最近の洗面台の流行は、蛇口を二つ並べるツーボウル式ですよ！　なんて豆知識も増える、そんな素敵な『渡辺篤史の建もの探訪』を、篤史への深い敬愛の眼差しとともに、次回からもひたすら熱く見守っていきたい。

今月の渡辺篤史

2 至高のハーモニー

歌は世につれ、世は歌につれ、と言うが、人と家との関係も、まさにこのフレーズに置き換えられるものではないか。

今月も素敵に絶賛放送中の『渡辺篤史の建もの探訪』であるが、この番組の魅力のひとつに、人と家、紹介する対象のバランスが実によく保たれている、ということがある。

家ばかり紹介されると、専門性に走りすぎて素人《しろうと》が置いていかれる。逆に人ばかり紹介されると、暑苦しくなって、スタイリッシュさが失われる。「建もの探訪」と銘打てど、この番組は決して建築専門番組ではない。番組ホームページにおいて、建物ではなく、出演してくれる「家族」をまず募集していることからも、それはうかがえる。

人と家、この二つは車の両輪を成す。両者のバランスがうまく保たれてこそ、車は心地よく走り続ける。このとき、両輪の間にバランサーとして介在するのが、ご存じ篤史である。ときに寡黙なご主人から会話を引き出す潤滑油となり、ときに饒舌《じょうぜつ》なマダムの会話を抑えるエンジンブレーキとなり、ときに思いもしないタイミングで大胆なダジャレを放って、唐突なギア・チェンジを図ることもあれば、大好きな犬、猫、そして子どもを前に完全に進行を置いてコースアウトすることもある。

人と家との間で、篤史は自由自在にタクトを揮《ふる》う。実は篤史、建築・インテリアに関し、すさまじき博識である。床・壁の建材をひと目で見破り、デザイナーズ・チェアの作家名をそのデザインシリーズ名まで添えて口走ることもある。だが、篤史は普段、その博学ぶりを決してひけらかさない。家人の解説をふむふむと聞き、共感ポイントがあると、

「うれしいねえ」

とあごの下に指を置き、「やるねえ」とばかりに首を振るくらいである。

本棚を見ると、その人の頭の中身をのぞくことができる、という。ならば、家の様子からは、その家族の生き様が垣間《かいま》見える。家は驚くほど忠実に、家人の内面を反映する。

朴訥《ぼくとつ》な外見からは到底うかがえぬご主人の熱い趣味の部屋。奥様の効率性への強い欲求が具現化したキッチン。スタイリッシュに走りすぎ、どう見ても暮らしにくそうなものですら、その人の「背伸び」性、「夢見」性を表す。

篤史は家族の話を聞く。家族の言葉は家の姿を伝えてくれる。私は篤史の話を聞く。篤史の言葉は人・家・篤史、一粒で三度おいしいこの番組の魅力を十全に伝えてくれる。

今月の渡辺篤史

3 明かされた真実

平成元年から放送を始め、実に今年で二十年目。「建もの探訪20年のアルバム」なるミニコーナーも始まり、いよいよ目が離せない『渡辺篤史の建もの探訪』。このCM明け新コーナーの登場により、今や定番とも言える篤史のジャケット・スタイルも、記念すべき第一回放送では、ポロシャツにショルダーバッグという、「都会の探検スタイル」を採用していたことが発覚し、改めて番組タイトルに含まれる「探訪」の意味を認識した私である。

さて、昨今、社会の情報化はますます進み、たとえば篤史にお宅を訪問されたご家族が、ブログなどでそのときの様子を綴《つづ》るということも可能なご時世である。先日、そんなブログのひとつを拝見する機会を得た私は、思わず感嘆の声を上げた。

そこには、番組冒頭で恒例の、

「おはようございます、渡辺篤史です」

の言葉とともに、篤史が「今週のお宅」の玄関先で、家人とあいさつを交わすシーン――この場面がまさしく両者のファースト・コンタクトの瞬間だという、衝撃の事実が記されていたのである。

すなわち、篤史は事前打ち合わせをいっさいすることなく、ふらりとお宅を訪問。ご家族と初対面のあいさつを交わす冒頭場面から、番組はすべて一発撮りであり、家の内部を巡り放たれる篤史の含蓄ある珠玉コメントは、いずれも初見の仕事だということが明らかになったのだ。

私は驚嘆した。

あの立て板に水の如くあふれ出る、味わい深い数々のコメントが、よもやリアルタイムの産物だったとは。もしも篤史が平安時代に貴族だったなら、さぞかし高名な歌詠《うたよ》みになったにちがいない。

さらに私は、午前中に収録を終えた篤史が、午後は趣味のテニスに興じる予定だった

という おまけ情報までキャッチした。何でも篤史、テニスの腕はプロ級なのだという。

この話を知った瞬間、私の胸の奥底に、ぽっとかすかな「夢」が宿った。私がこれから、おしゃれでアイデアに満ちた注文住宅を建て、そこに篤史を招くなぞ、それこそ夢のまた夢である。ならば、これならどうだろう？

篤史とダブルス。

以前、近所の商店街で見かけた、『さんま・玉緒《たまお》のお年玉！　あんたの夢をかなえたろかスペシャル』の街頭インタビューにふたたび遭遇しないか、と心のどこかで期待している私である。

テニス、できないけれど。

第2章

『小公女』

ときは一九八五年、私は小学四年生だった。

当時、日曜の晩、午後七時半から『世界名作劇場』なる、どちらかといえば女の子をターゲットにしたアニメ番組が放映されていた。妹がいた都合上、私はこの番組を毎週視聴していた。この年頃の男の子というものは、とかく少女マンガや少女アニメを馬鹿にしがちだが、私がこの番組を観ていた理由は二つある。一つはアニメ自体が、存外おもしろかったこと。もう一つは、原作本を先に読んでいたこと、である。

『世界名作劇場』は一年ごとに、その放送内容を変える。松田聖子《まつだせいこ》と神田正輝《かんだまさき》が結婚した一九八五年、番組のタイトルは『小公女セーラ』だった。原作は、バーネット夫人によって一八八八年に書き上げられた『小公女』。物語はセーラという小さな女の子が、ミンチン女史が経営するロンドンの寄宿学校に預けられるところから始まる。

父親が大金持ちのセーラは、入学したときから特別待遇だった。広い個室をあてがわれ、専属の女中までいる。いつも上等のコートを纏《まと》い、移動は馬車だ。セーラはフランス語もペラペラ、計算も上手、子どものあやし方もうまく、何でも立派にこなす。だが、いわゆる「お嬢様」とは少し違う。金持ちぶることは決してなく、下級生にはやさしく、意地悪な上級生には毅然《きぜん》と立ち向かう。セーラはたいへん気骨ある少女だった。

学校の格好の広告塔になるゆえ、校長のミンチン先生は何かとセーラを持ち上げ、褒め称《たた》えた。だがその裏で、ミンチン先生はセーラを決してこころよく思っていなかった。原因はセーラが自分より頭がいいことにあるのだが、ミンチン先生は最後までそのことに気づかない。

事件は、セーラ十一歳の誕生日パーティーの最中に起こる。セーラの父親が破産したうえ急死したという知らせが届き、母親のいないセーラは、突如「こじきどうぜん」の子になってしまうのだ。

ここから、話はジェットコースターのように展開する。ミンチン先生はセーラを呼び出し、今後召使いとして学校で働くよう通告する。セーラが父親の死を聞いた数時間後の行為である。ちょっと普通ではない。ここで読者は、ミンチン先生が大嫌いになる。

かくしてセーラの苦難の日々が始まる。召使い仲間に意地悪され、ミンチン先生からどやされ、セーラはぼろぼろの服一枚で働き続ける。だが、セーラはくじけない。いくらみすぼらしくても、自分を「公女さま」と想像することによって、常に気高くあろうとする。健気であるセーラ。がんばれ、セーラ！　である。

物語は終盤、大逆転劇を迎える。セーラに莫大《ばくだい》な財産が残っていたことが発覚し、またもや一夜にして、セーラは以前をはるかにしのぐ「小公女」として復活するのだ。ラストがとにかくたまらない。セーラは心やさしい子だが、ときには攻撃的にもなる。右の頰を打たれて、左頰を差し出す子ではない。やられたらやり返す、強い心を持った子どもだ。ゆえにセーラはミンチン先生に逆襲する。手のひらを返したように、やさしい顔をするミンチン先生をぴしゃりとやっつけ、訣別《けつべつ》する。そのときの気持ちよさといったら!

でかした、セーラ! ざまあみろ、ミンチン! と読者はみな快哉《かいさい》を叫ぶのである。私はこの痛快なラストが大好きだった。このラストが観たいがゆえ、妹の隣で一年間我慢して、『小公女セーラ』にお付き合いしたと言っても過言ではない。

ところが、である。

最終回、何ということだろう。アニメ版セーラは、ミンチン先生とあっさり和解してしまうのだ。突如として、「和を以《もっ》て貴しとなす」という聖徳太子伝来の仏教思想が猛威を振るい、セーラはミンチン先生と手を取り合い、にっこり微笑《ほほえ》むなどするのだ。

私は呆然《ぼうぜん》とした。

許せん、と思った。ストーリー改変の裏にある大人の教育的配慮というものを心底軽蔑した。原作におけるセーラの行いは、決して復讐《ふくしゅう》などという下衆《げす》なものではない。

人間の尊厳を踏みにじられたとき、少女だって立ち向かう。それの何がいけないのか！私の恨みは骨髄に徹し、それはこうしてゆうに二十年が経《た》っても、いまだねちねちと恨み節を書き連ねるほどである。そしてこのたび、私は『小公女』を小学生のとき以来、再読した。当時、読んでいた文庫本を手に入れ、表紙をのぞくと、訳者に川端康成《かわばたやすなり》の名があり驚嘆した。そのおもしろさを再確認した私は、改めて強く決意した。

この恨み、墓場まで持っていく、と。

11月を11度

一九九七年の正月のことである。

新しいカレンダーを使い始めるに際し、不意に、これから読んだ本のタイトルを欄外に記入していこうと心に決めた。

それからというもの、私は読み終えた本のタイトルをカレンダーに記入し続け、今に至る。何のためにやっているのか、自分でもわからない。しかし、かれこれ十年以上続いている奇妙な習慣である。

また、私は意味もなくカレンダーを保存する癖がある。試しに九七年からのカレンダーをずらりと床に並べてみた。どれも似たようなデザインで、人の好みって変わらないなあ、と気づかされるが今はその話ではない。すべてのカレンダーのトップを十一月にしてみる。目の前に並ぶ十一個の十一月の記録。いったい、私はいかような十一月の読書体験を送ってきたのだろう。ひとつずつのぞいてみることにした。

1――一九九七年十一月　身分・大学三回生
読んだもの　『絡新婦の理』（京極夏彦）・『カンボジア戦記』（冨山泰）・『チップス先生さようなら』（ヒルトン）・『細雪　下』（谷崎潤一郎）・『シンガポールの奇跡』（田中恭子）・『ローマ人の物語　Ⅲ』（塩野七生）・『イラハイ』（佐藤哲也）・『死の蔵書』（ジョン・ダニング）――計八冊。

大学で東南アジア、東アジアの政治を専攻するゼミに所属していたため、ゼミの課題図書が含まれている。『細雪』で、三女雪子の口癖「ふん」が、自分もよく使う、「ふん」と「うん」との間の、平仮名で表現しにくい応答の声を表現していると気づいたとき、何だかショックだった。わけもなく、すごいと思った。たぶん、この頃、小説を書き始めた。

2――一九九八年十一月　身分・大学四回生
読んだもの　『死ぬことと見つけたり　上下』（隆慶一郎）・『惨敗』（金子達仁）――計三冊。

サッカー日本代表がワールドカップに初出場し、派手に粉砕された年である。ちなみに、前年十一月十六日の欄には、「祝！　日本ワールドカップ出場」とわざわざ書きこんでいた（岡野《おかの》がジョホール・バルでVゴールを叩《たた》きこんだ日）。それから一年後、ワールドカップでの敗因を書いた『惨敗』を読む。物事はそう簡単には進まないことを知る。

3――一九九九年十一月　身分・大学五回生
読んだもの　『外套・鼻』（ゴーゴリ）・『ジャッカルの日』（フレデリック・フォーサイス）――計二冊。

特に理由もなく留年。七日の欄に「結婚式」とだけ書いてある。いったい誰の結婚式だったのだろう？　私のだったらおもしろい。月の後半、日付の横に「2」「3」「1」と暗号のような数字が記入されている。どうやら、当時書いていた小説のページ数進《しん》捗《ちょく》状況らしい。日がな一日、何もすることがなかったくせに、「1」とはどういうことか。二十世紀に戻って、盛大にビンタしてやりたい。

4――二〇〇〇年十一月　身分・社会人一年目
読んだもの　ナシ

5——二〇〇一年十一月　身分・社会人二年目
読んだもの　『白い犬とワルツを』（テリー・ケイ）のみ。
田舎《いなか》でほそぼそ経理作業にいそしむ私の元にまで、書店員が立てたポップがきっかけで——という話が伝わってきて、つい手に取ってしまった一冊。会社員時代は本当に本を読まなかった。正確には、読む気力がなかった。

6——二〇〇二年十一月　身分・無職一年目
読んだもの　『三国志　一巻』（吉川英治）・『関ケ原　上中下』（司馬遼太郎）——計四冊。
会社を辞めて、四カ月が経過。雑居ビルで管理人のようなことをしながら、執筆に専念する。何を読んだらいいかわからず、中高生の頃おもしろかったものを読み返していたと思われる。ひたすらバリバリ執筆しているかと思いきや、外貨預金で稼いだ利ざやで北海道旅行しているから、わけがわからない。

7——二〇〇三年十一月　身分・無職二年目

読んだもの『宮﨑勤事件』（一橋文哉）・『虚数』（スタニスワフ・レム）・『屍鬼　上下』（小野不由美）・『塗仏の宴　宴の支度』『塗仏の宴　宴の始末』（京極夏彦）――計六冊。

雑居ビルの管理人業務の一環だろう、「百貨店裏で救急訓練」という不思議なスケジュールが書きこまれている。

8――二〇〇四年十一月　身分・無職三年目
読んだもの『項羽と劉邦　中下』（司馬遼太郎）・『檸檬』（梶井基次郎）・『漂流物』（車谷長吉）――計四冊。

すべて再読。前年同様、カレンダーはほぼ白紙。

9――二〇〇五年十一月　身分・デビュー前新人
読んだもの『黄金旅風』（飯嶋和一）・『浄土』『告白』（町田康）・『超人計画』『NHKにようこそ!』（滝本竜彦）――計五冊。

十一月一日発表のボイルドエッグズ新人賞に『鴨川ホルモー』が選ばれる。近所の喫茶店で、賞の審査員だった滝本竜彦《たきもとたつひこ》さんと会い、べらぼうにおもしろい方だったので著作を読む。一日前に聞いた話が、そのまま活字となって書かれているのは新鮮な経験だった。喫茶店では三時間、緊張しながら、書くことについて滝本さんの話を聞く。最後に「別に僕の話なんか何も聞かず、好きに書いたらいいんです」と締められズッコケる。

10――二〇〇六年十一月 身分・デビュー一年目

読んだもの ナシ

社会人一年目と同様、まったく読めず。苦手なインタビューの質問が、「最近、読んだ本でオススメのものは？」になる。

11――二〇〇七年十一月 身分・デビュー二年目

読んだもの 『寺田寅彦随筆集 第一巻』・『みなさん、さようなら』(久保寺健彦)

――計二冊。

読む気力は旺盛なのに、読む時間がない。

こうして床に並べられた十一年分のカレンダーを見渡すと、当たり前であるが、大学生と無職の期間の読書量が圧倒的（本人比）であることに気づく。翻《ひるがえ》って、職を持つとなかなか読めない。物語を読むのが好きで作家を目指したのに、皮肉な現実である。

されど、今年は読む。

去年十二月のカレンダーに「綾瀬はるかと対談」の文字を見つけ、ひとりニマニマ思い出し笑いしている場合ではない。まずは話題の『テンペスト』（池上永一）、さらに『涼宮ハルヒの憂鬱』（谷川流）、『赤毛のアン』（モンゴメリ）をこの十一月は攻める。これだけではなく、もっともっと読む。しかし、結果に関する問い合わせには応じない。

さあ、みなさん、読書の秋ですヨ！

わがこころの「秀吉・トヨトミ」

おさなき頃より、大の秀吉びいきである。

それは大阪城の堀端に建つ小学校に六年間通い、毎日大阪城の偉容を見上げて過ごしたことから始まり、豊臣秀吉の立身出世を描く学習マンガを片っ端から読みあさることでいよいよ強固さを加え、休日に父親にサイクリングに連れられ大阪城内をくまなく走り回ることで身体《からだ》に深く染みついた。

秀吉自身はご存じのように尾張名古屋《おわりなごや》出身であり、大阪に本拠を構えたのは、晩年のほんの十五年ほどに過ぎない。しかし、その短い統治期間の記憶が、その後の大阪のあり方に決定的な役割を果たした。彼が大阪に本拠を構えたがゆえに、大坂の陣が勃発し、華々しく豊臣家が滅び、その後天領とされたことで、江戸期を通じ商人が支配する「なにわ」の町が誕生した。

たったひとりの、しかも極めて短い支配者との接触が、これほど大都市の性格形成に影響を与えた例は、国内で他にないのではないか。今でも大阪の人間は、秀吉が好きである。晩年の暗い、どうしようもなく愚昧な部分には目をつぶり、羽振りがよく、やることのスケールがでかい、陽性な秀吉が好きである。そこには支配者への尊崇の念ではなく、どこか同族に対し気軽に肩に手を回すような親しみの気持ちがこめられている。要は隣のおっさん扱いなのである。

大阪を舞台に小説を書こうと考えたとき、まっさきにこの秀吉と大阪城をストーリーに組みこむことを決めた。その結果生まれた拙著『プリンセス・トヨトミ』は、現代を舞台にした小説だが、豊臣時代から四百年間続く秘密と、それを守る大阪の人間たちを中心に据えて展開する内容になっている。

その秘密を暴こうと、東京からやってくる役人の名前は松平《まつだいら》、それに対抗する大阪側の代表の名前は真田《さなだ》。登場人物はすべて、徳川・豊臣関係者、加えて大坂の陣における、豊臣方諸将の名を使った。話の最後のあたりになると、そこそこ知名度のある豊臣方の人名ストックが枯渇し、改めて配下の将を育てるのに優れていた家康《いえやす》と、自身が死んだのち、頼りになる譜代の将がまったく残らなかった秀吉との差を感じずにはいられなかった（四百年前はボロ負けした大阪方が、今回はどう勝負に打って出るのか？　気になった方はぜひ、書店で手に取ってみてください）。

作品には、私の小学校の思い出が色濃く反映している。現在建っている大阪城が、豊臣時代のものではなく、徳川時代のものであることは、校舎の建て替え工事の際、グラウンドの下から、秀吉が構築した石垣が出てきたことで知った。また、校舎の昇降口を入ったところに、地下へと通じる立ち入り禁止の階段があり、そこは「秀頼《ひでより》の抜け道」と生徒の間で呼ばれていた。もちろん大坂の陣で、豊臣秀頼が脱出の際に使ったという意味である。これらの大阪城への思い出を、私はふんだんにストーリーに盛りこんで、一見馬鹿馬鹿しくも、決して本気では馬鹿にできぬ小説を書き上げたつもりである。

さらに、大阪市内に数多く残る明治末期から大正、昭和初期にかけて建てられた近代建築も話にからめることを試みた。日本銀行本店やJR東京駅の赤レンガ駅舎、大阪の中央公会堂などを手がけた建築家辰野金吾《たつのきんご》が大阪の秘密に一枚噛《か》んでいるかもしれぬ、という筋立てを考えたのだが、先日ニュースを見て驚いた。

現在、東京駅は大正時代に辰野が建てたオリジナルの形に戻すべく、大規模な復元工事の真っ最中なのだが、これまで天井に塞がれ隠されていた、かつてのドーム部分に彫られたレリーフを、JR東日本が公開した。そのレリーフのひとつに、なんと秀吉の兜《かぶと》が含まれている、というのである。

いったいなにゆえ、駅を行き交う大勢の東京の人間を見下ろすところに秀吉なのか。小説のなかで想像したことが現実に飛び出してきたようで、私は何だか他人事《ひとごと》に思えない。工事が終了したのちは、建築当初のドームが復活し、誰もが秀吉兜を仰ぐことができるようになるという。

私はそのときが今から楽しみで仕方がない。大の秀吉びいきとして。

『花神』について

風呂場に行く途中の廊下に置いてあった実家の本棚には、父親が通勤途中に読み重ねていった本が並んでいて、そこから司馬遼太郎《しばりようたろう》を抜き取りぽつぽつと読み出したのは、中学生の頃だった。最初に読んだのは、『翔《と》ぶが如く』だったと思う。ちょうど、作品がNHKの大河ドラマに取り上げられた年だったろうか。

本棚には司馬作品の有名どころがほとんど揃《そろ》っていて、『竜馬《りようま》がゆく』『坂の上の雲』『項羽と劉邦』『関ケ原』『城塞』『国盗り物語』『新史太閤記』と進み、最後の最後で『花神』にたどり着いた。その頃には、司馬作品に触れてからすでに三年が経ち、もう高校も二年のあたりになっていた。

どうして『花神』を手に取るのが遅くなったかというと、タイトルがパッとしなかったことと、ハードカバーの表紙のデザインがいやに重々しかったこと、主人公が大村益次郎《おおむらますじろう》なるおよそ聞いたことのない人物、という三重苦を背負った本だったからだ。しかし、これがいちばんおもしろかった。大学入学とともに、家を出て京都に下宿することになったとき、大阪の実家から持ち出した本は、すべてのジャンルのなかでこの『花神』だけである。

歴史小説のいいところは、「好きな場面」がくっきりと浮かび上がることだと思う。たとえば、秀吉ものだと、私は小牧《こまき》・長久手《ながくて》の戦いののち、家康と対面するシーンが一等好きだ。信長《のぶなが》ものだと、斎藤道三《さいとうどうさん》にはじめて会うとき、歌舞伎の早変わりのように変身して、道三をアッと言わせる場面がいい。大坂夏の陣での、真田幸村《ゆきむら》の最期の突撃は、もはや鉄板である。

そう考えると、この『花神』には、異常に「好きな場面」が多い。それもこれも、司馬遼太郎の主人公を輝かせる書き方が、冴《さ》えに冴え渡っているからだ。

そもそも、司馬遼太郎の書く主人公はズルい。

司馬作品に出てくる主人公はたいていの場合、スタート時、何かしらの欠陥を抱え登場する。竜馬が不潔であったり、劉邦がぐうたらであったり、ダメっぷりをあえて強調する。そこに読者は安心を感じる。同じ地平で、彼らを眺めることができる。しかし、その瞬間、司馬遼太郎は読者の懐にスッと入りこんでいるのだ。この時点でもう、司馬遼太郎の勝ちである。作品内の時間が経過するにつれ、時流に乗ったダメ男たちがみるみる輝きを放ち始める。物語の前半で、ダメっぷりをすりこまれているぶん、ゼロからプラスへではなく、マイナスからプラスへと変化の振れ幅はより大きい。その飛翔は、読者の心に何とも言えぬ心地よさを与える。

結果、物語を読み終えページを閉じたとき、読者は主人公のことを大好きになってい る。竜馬が死ななかったら、西郷《さいごう》が大久保《おおくぼ》がもちろん大村益次郎が、明治の世でもう少 し活躍の場を与えられていたら、この国はもっといい方向に進んでいたのではないか、 とひどい喪失感を味わうことになる。そういえば、司馬遼太郎作品の主人公は、たいて いが道半ばにしてその生を終える。はじめから定められた結末にもかかわらず、毎度同 じ感傷にふけってしまう私などは、一から十まで、司馬遼太郎の手のひらの上で踊らさ れているだけなのかもしれない。同じ小説家として見るに（見上げるに）、彼は間違い なく相当に悪い男である。

これまでいったい何度読み返したか、特に後半は五十回以上読み返していると思われ る『花神』のなかで、もっとも好きなシーンは、第二次長州《ちょうしゅう》征討で幕府軍が藩の四境 に迫り来るなか、ついに大村益次郎が歴史の表舞台に飛び出るところ、つまり長州軍の 最高司令官としてその軍事的才能を爆発させるところだ。

それまで不細工であるうえ、無愛想で無口で無遠慮でといいところがほとんどない大 村益次郎が、突如としてこのとき輝き始める。司馬作品のなかでも、屈指の格好悪さを 前半部演じてきただけに、その跳躍はまばゆいばかりである。

司馬作品のおそろしいところは、読者をして主人公を大好きにさせてしまうと同時に、あくまで小説であるにもかかわらず、物語のなかの出来事をすべて事実のように錯覚させてしまうことだ。そのことについて、ときに批判を受けることもある。しかし、それはうますぎるがゆえの批判なのである。歴史的事実と主人公にまつわる物語を、信じられないくらい上手に重ねてしまうからこそ、その絶大な影響力を危惧して、憂慮の声が上がるのだ。そんな人はほかにいない。

京都の木屋町《きやまち》を貫く高瀬川《たかせ》に架かる三条小橋の脇に、小さな石柱が立っている。大学時代、何度もその前を通り過ぎていたのに、それが大村益次郎の遭難之碑であることに気づくまで四年かかった。そんなどこまでも地味な男を、ここまで輝かせ、しかもほかのどんな作品よりも好きにさせてしまうとはどういうことだと、高瀬川のほとりでしばし呆然とたたずんだことを思い出す。どこまでも、おそるべしである、司馬遼太郎。

悠久なる芋粥への挑戦

この企画があるのは知っていた。新潮文庫から出ている、ひとりの作家の著作を全部読む。そればかり読む。無茶である。だいたい、読書というものには波がある。リズムがある。甘いものを食べたあとに塩辛いものが食べたくなるように、いろいろなテイストの作品を順々組み合わせ、じっくり楽しむのが読書というものだ。同じものばかり食べていたら、胃がもたれる。その前に、飽きる。絵本好きの子どもだって、そんなこと知っている。

つまり、これはいわゆる「芋粥《いもがゆ》」企画なのではないか、と私は疑う。

芥川龍之介《あくたがわりゅうのすけ》の有名な作品に『芋粥』がある。芋粥大好きな主人公が、うっかり貴族の前でそのことを口にしたため、腹一杯芋粥を食べる羽目になり、結果、彼にとって唯一の幸福だった芋粥への憧れを奪われてしまう、というお話だ。私はこれと似た出来事を経験したことがある。大学時代、はじめて人の結婚式で歌を贈る、という大役を授かった。デュオを組む友人と、深夜の大学にキーボードを持ちこみ、誰もいない教室で

Sing Like Talkingの『Spirit of Love』を狂ったように練習した。武豊《たけゆたか》と佐野量子《さのりようこ》の結婚披露宴のテレビ中継で聴き（生演奏があった）、大好きになった曲だったのだが、夜な夜な聴きすぎ、歌いすぎたせいで、結婚式を終えたときには、自分でもどこがいいのかわからなくなってしまっていた。まさしく、『芋粥』的悲劇であった。

この企画に挑むにあたり、本屋にてズラリと作品が並んだ文庫棚の前に立ち、私はおもむろに井上靖《いのうえやすし》をチョイスした。

私は井上靖が好きである。今でも好きな歴史小説を三作挙げるなら、利休《りきゆう》の死を描いた『本覚坊遺文《ほんがくぼういぶん》』に即座に一席を与える。もっとも、これは新潮文庫ではないので、今回は含まれない。用意された井上靖本は全十六作品。多い。軽くひと季節分の私の読書量に匹敵する。それをひと月そこらで読む。すでに読む前から、芋粥の予感がプンプンする。果たして、読み終えたとき、私は井上靖への気持ちを保っていられるか、否か。

意を決し、机にうずたかく積まれたなかから、一冊を取る。『額田女王《ぬかたのおおきみ》』、中三のときに読んだ、はじめての井上靖作品だ。読み始めると、これがなかなか難しい。中学生の分際でよくこんな本を読んだな、と我ながら感心する。

井上靖の文章には不思議な癖がある。何というか、階段を一段飛ばしで上っていくような感じ。普通なら、続く描写や説明がありそうなところをポンと飛ばす。しかし、読み手に不足感は与えない。ちゃんと目指すところへたどり着く。これぞ「簡素にして遺漏なし」というやつか。十五年近く新聞記者を務め、極限まで文字を削る訓練をした賜《たま》物《もの》なのか。

井上靖の作品で極めて特徴的なのは、主人公とその上役（この場合、天智《てんじ》・天武《てんむ》両天皇）との距離感である。とにかく、これが遠い。ヒロインとその愛人たちであるにもかかわらず、言葉足らずなやりとりが延々続く。そもそも口をきく、という行為自体が、物語のなかで事件になる。おかげで登場人物がかすみの向こうに佇《たたず》んでいるような、生身の人間ではないような印象を受ける。この一作だけかと思ったら、歴史ものはほぼすべてこのやり方だった。そして、この独特な距離感がそのまま、井上靖の「清純」「高潔」「悠久」といったイメージにつながっていることを知る。井上靖の歴史ものの登場人物は、常に背中をこちらに向けているように感じられる。愛嬌《あいきょう》ある顔で隙あらば近づいてくる司馬遼太郎作品の人物と、ここが決定的に違う。

古代の次は一転、現代を舞台にした『猟銃・闘牛』を選ぶ。井上靖は「闘牛」で四十三歳にして、芥川賞を獲った。今では決して書かれない、いや書きようがない、戦後間もない頃のギラギラしたサラリーマンの小説である。驚くのは、この受賞作と現在世間に知られている井上靖のイメージがまったく違うことだ。それは芥川賞から何段階も飛翔して、井上靖が新たな世界を切り拓いたことを示している。やはり、後世に名前が残るには、それだけの偉大な理由がある。

ここからは、『後白河院《ごしらかわいん》』『風濤《ふうとう》』『幼き日のこと・青春放浪』と我慢の読書が始まる。ページをめくるのが、ひたすらつらい。たとえば後白河法皇についての、私の関心は薄い。世間の関心はもっと薄い。にもかかわらず、四人の登場人物が例のかすみの向こうに佇む後白河院について、ゆったり語り続ける。車やゴルフに何の興味もないのに、他人の車・ゴルフ談議をひたすら聞かされる気分に似ている。「知らんがな」とつい行儀の悪い言葉のひとつやふたつ口にしたくなる。『風濤』の場合、フビライ率いる元との軋轢《あつれき》に苦しむ、高麗《こうらい》の皇帝の話である。これがまた、おそろしいほど淡々と話が進む。いっさいこちらに歩み寄ってくれる気配がない話の進め方に、いつしか家の中で喧嘩《けんか》をして口をきかぬ夫婦のように、ふてくされた表情でページをめくる自分を発見する。エッセイ『幼き日のこと・青春放浪』にたどり着いたとき、ついに私は降参した。もう勘弁してくれ、と音を上げた。こんなおもしろくないエッセイ、はじめて読んだ。そもそも、著者に「おもしろく書く」という意図が微塵《みじん》もないのだから、どうしようもない。伊豆湯ヶ島《いずゆがしま》で両親と離れて育った、著者の「幼き日のこと」がとにかく忠実に紹介される。たとえ自分と血がつながっていても、親戚の話を延々聞かされるのはつらい。何の縁もゆかりもない、井上靖の湯ヶ島に住む親戚の話を何時間も読まされるのは、なおさらつらい。何よりもおそろしかったのは、この内容をもとに、『あすなろ物語』『しろばんば』を書いたという著者の告白を読んだときである。この二作品を手にする日を、私は早くも恐怖した。

気分が大いに沈みこんだところへ、やさしく手をさしのべてくれたのは、『氷壁』である。舞台は昭和三十年代。雪山にて友の墜落を間近に目撃してしまった男の物語だ。何しろ五十年以上前の作品ゆえ、あちらこちらが古い。会社での上司とのやりとりなどに、否応《いやおう》なしにその違いを実感する。主人公は上司を「胆汁質」と表現する。辞書で調べたら、「怒りっぽい人」を意味する古代ギリシア由来の言葉だった。時代の変化とともに、言葉が少しずつ消えていくのを実感する。作品のほうは、ドラマとしての骨格が確かで、ページをめくることが純粋に楽しかった。何だ、こういうのもあるんじゃないか、とうれしくなったが、この手の緊張感あるエンターテインメント作品は、残念ながらこれが最初で最後だった。

ふたたび歴史ものへ、『風林火山』を手にする。意外なことに新潮文庫では唯一の戦国ものである。その名のとおり、山本勘助《やまもとかんすけ》の視点から見た武田《たけだ》家の物語だ。これもまた、主人公勘助と上役信玄《しんげん》との、コミュニケーション不足が甚《はなは》だしい。緊張感が漂う一方で、果たしてこの乏しい会話量で国の運営が成り立つのか、と素朴な疑問がつきまとう。無口な政治指導者というものが、かつては存在し得たのだろうか？ 饒舌《じょうぜつ》な時代に生まれ育った私には、もはや想像できぬ世界である。

ここで私は不安とともに『あすなろ物語』を開いた。おそるおそるページをめくる私だったが、これが意外とおもしろかった。話の骨格はエッセイの内容とほぼ同じでも、小説用に脚色されているおかげで、湯ヶ島の少年時代を経て、中学、高校、大学生活、大阪での新聞記者生活までテンポよく話が進む。エッセイで井上靖は、大学を京都で、その後大阪で十年以上暮らしたにもかかわらず、関西にまったく愛着が湧かなかったと語っていた。それは作品内の大阪の描かれ方を見てもよくわかる。いっさい大阪という街の匂いがしない。大阪で生まれ育った者として、ちとさびしい。

さて、ここで満を持して『天平《てんぴょう》の甍《いらか》』の登場である。会社員時代、二年の工場勤務の間に、唯一書きあげた小説は、奈良時代が舞台のものだった。だが、奈良時代の雰囲気など知るはずもないので、この本を何度も読み返して勉強した。この『天平の甍』と、利休の死について弟子の本覚坊が思索を重ねる『本覚坊遺文』のすばらしさが、本企画に臨むにあたり、井上靖を選択する大きな理由になったのは疑いない。遣唐使として入唐した僧が、それぞれの歩むべき道を模索する話である。中国の地で、いつか日本に持ち帰るために、何十年もひとり写経を続けた男と、その経典の末路が忘れられない。この作品には、続けて読んだ『敦煌《とんこう》』『蒼《あお》き狼』『楼蘭《ろうらん》』にも共通する、

「何か大きなものが、人間の頭の上を越えていく」

という井上靖の持つ歴史観が色濃く滲《にじ》み出ている。もはやそれは、諦観といってもいい。ときに大海、ときに砂漠、ときに洪水、ときに大国——巨大なものに人生を翻弄さ

れつつも、ただ頭の上を過ぎ去っていく大きな流れを、見送るしかない小さな人間の姿を、井上靖は丁寧に、ほとんど病的なほど綿密に描く。人の意志が歴史を切り拓いていく様を描く司馬遼太郎とは、それこそ正反対である。『天平の甍』では鑑真《がんじん》を日本に送り届ける、という使命感がまだしも存在するが、『蒼き狼』では時代に押され本能のままに侵攻するモンゴル帝国の始祖テムジンを、『敦煌』では西域の地で、自分の意志とは無関係にひたすら時代に流され続ける趙 行徳《ちょうぎょうとく》を描く。井上靖作品では、誰もこの大きな流れに勝てない。いったいなぜ、彼はこれほど虚無的な感覚を身につけるに至ったのか。自身が中国へ出征し、戦況がどう動いているのかまったくわからぬまま、命をさらし戦場を走る経験をしたからか。自分と同世代、さらに自分より若い人から、このような感覚を持った小説家はもう二度と出てこないと思う。

短編集『楼蘭』を、私はとても興味深い眼差《まなざ》しとともに手に取った。現在、『yom yom』という文芸誌で、私は「悟浄出立」「趙雲西航」という中国歴史ものを二本書いた。あと何本か加えて、いつか一冊にまとめられたらと思うも、中国ものだけで最後まで続ける自信がない。なら日本の歴史ものも書いてみたら？　とも考えたが、果たして一冊にまとめ通読したとき、中国と日本が混在すると違和感が生じやしないかと心配だ。

そこへこの『楼蘭』が現れた。前半は中国西域ものが中心なのに、突然明智光秀《あけちみつひで》の話が登場し、明治の磐梯山《ばんだいさん》噴火の話まで飛び出す。時代も場所もむちゃくちゃな構成に、これは最高の判断材料になるぞ、と少々意地悪な顔で私は読み始めた。

結果、自分の本は全編中国歴史もので統一しようと決めた。

さあ、いよいよ終盤、『しろばんば』『夏草冬濤《なつぐさふゆなみ》 上下』『北の海 上下』という、分厚すぎる「洪作《こうさく》三部作」に挑む。「しろばんば」とは、伊豆湯ヶ島に生息する尾のあたりが白い羽虫のこと。そう、ここでもまた、井上靖の分身である洪作少年の日々が、おそろしく丁寧に展開される。エッセイ、『あすなろ物語』に続き、もう三度目の湯ヶ島。どうしてこんなに同じ話を書きたがるのか。何せ、主人公を囲む人物配置までそっくりなのである。答えは簡単、大好きなのだ。この湯ヶ島で、血のつながらぬお婆《ばば》と土蔵で過ごした日々が、たまらなく好きなのだ。しかし、不幸なことに、この湯ヶ島生活が、私には徹頭徹尾おもしろくない。続く『夏草冬濤』でも、忍耐の時間は続く。洪作は沼《ぬま》津《づ》に出て中学生になる。舞台になる場所は、私が会社員生活を送った馴染《なじ》みあるところなのに、ひどくちっぽけなプライドを持てあます狭量な洪作のせいで、私はまったく共感できない。どうやら、文化が違うらしい。洪作はドジをして、クラスの男どもに笑われることを、死ぬほど恥と感じる。だが、私はそれを読んで、「ウケてるんやから、まあ、ええやないの」と思ってしまう。さらには、時代も違う。女学校の生徒とすれ違うとき、洪作はこれまた死ぬほど恥ずかしがる。そのときの、心の懊悩《おうのう》を何十行もかけて説明してくる。だが、もはや私にはそれが後ろ向きを通り越して、ひたすら頓珍漢《とんちんかん》な自意識問答にしか映らない。

ため息ばかりつきながら、最終巻『北の海』に入る。洪作が中学を卒業し、高校に進学できず浪人生になったところから話はスタートする。しばらくページを進んだところで、私はある心の変化に気がついた。

何だか、おもしろい。

『氷壁』以来、もはや井上靖からは味わえぬだろうとあきらめていた感覚に、私は戸惑った。さらに読み進めるうち、ふと私はその理由に突き当たった。

洪作のキャラクターがまるで違っているのである。これまで異様なほどに内省的だった洪作が、振れ幅も極端に、何も考えぬ阿呆《あほう》に劇的な性格変化を果たしている。どうしてこんなふうに、井上靖が自伝的主人公を変えてしまったのか謎である。どうひっくり返ってもこの洪作の知性では将来、緻密極まりない歴史小説など書けそうにない。

「厭《いや》になっちゃうな」

が「新」洪作の口癖である。どんなに相手に叱られ、場の雰囲気が悪くなっていようと、

「厭になっちゃうな」

をところ構わず洪作はぶっぱなす。これが徐々に、やみつきになってくる。洪作は友

人連中から、「何を考えているのかわからない奴《やつ》」と思われているのだが、読者から見ても然《しか》りである。おかげで、それまでそりが合わなかった、洪作の内面描写と私はおさらばした。気づくと魅力ある同級生や先生が次々登場し、何も考えぬ洪作の代わりに、個性的な意見をどんどんぶつけてきて、実に愉快な青春小説に作品は生まれ変わっていた。特に金沢で四高の愉快な面々が加わってからの会話部分は、そのまま京都の大学生たちが主役の拙著『鴨川ホルモー』にスライドさせてしまっても違和感ないほどユーモアに充ち満ちていた。

私と井上靖は七十も年が違う。『北の海』というタイトルからは想像もつかぬ、七十年前の青春物語に、ああ、やはり自分はこういう阿呆たちが活躍する話が好きなのだなあ、としみじみ感じた。

それにしても、何と高く険しい壁だったろう。『しろばんば』『夏草冬濤』を忍んで忍んで読みきったものだけに約束される、豊饒《ほうじょう》なる『北の海』の世界。おそらく、その道中は、たどり着けず途中で行き倒れた者たちで死屍累々《ししるいるい》の眺めだろう。ああ、南無阿弥陀仏。

締めは『孔子《こうし》』。これまた、孔子という存在の実感が最後までつかめぬ、弟子の語りで構成された作品だが、それでもよかった。八十三歳で亡くなった井上靖が、八十二歳のときに書いたという一点だけで読む価値がある。果たして五十年後、自分は小説を書いているか。まったく、想像がつかぬ世界である。

すべてを読み終え、冒頭に戻り、「芋粥」企画だったか否か、と己に問う。

否。

まだまだ読める。

いや、むしろ読みたい。

特に変身した洪作には、もう一度丁寧な読書で臨みたい、というのが素直な気持ちだ。

ただし、今年はもう結構。

「さらばアドリア海の自由と放埒《ほうらつ》の日々よ」

もしも、今すぐ無人島に行ってこい、ただし、宮崎駿《みやざきはやお》の作品をひとつだけ持ってい ってもいい、と言われたたならば、私は一も二もなく『紅《くれない》の豚』を荷物に突っこむ。

私は『紅の豚』が大好きである。どれくらい好きかというと、映画館の売店で買った下敷きをまだ使っているくらい好きである。映画を観たのは、私が中学二年生のときだったから、かれこれ十七年間も使い続けていることになる。使いすぎである。

この映画のどこがいいって、説教くさいメッセージもなく、むやみに大げさなクライマックスもなく、ただ豚が空を飛ぶ、それだけの話なのがいい。上映時間が短い(九十三分)のもいい。ひょっとしたら、そこがいちばんいいかもしれない。なぜなら、短い時間で人の心に長く残る映画を作るのは、とても難しいことだからだ。

北野武《きたのたけし》の映画然り、私は言葉による説明が少ない映画が好きだ。ただし、私が好きなのは「説明が少なくても十分わかる」映画であって、説明不足の映画ではない。たとえば、ぶっきらぼうな描写ばかりが続いて、結局何が言いたいのかよくわからなければ、それは「伝える」ということに失敗しているわけで、監督が「自分の夢の世界を表現した」という類の映画はたいていの場合が×である。

少ない説明でちゃんと観客に内容を伝えるために必要なのは、舞台設定をしっかり作りこむことだ。そこで成功すると、映像を観るだけで状況が自《おの》ずと伝わるようになる。たとえば、脱獄囚が主人公の映画で、彼が車を運転していたならば、それは「逃げている」という状況の自動的な説明になる。第二次世界大戦を扱った映画で、ユダヤ人が部屋でじっと座っているのならば、それは「隠れている」という状況の説明になる。

「説明になる」は、そのまま「絵になる」という、視覚を通じての理解度に置き換えられるかもしれない。ならば、『紅の豚』の場合、第二次世界大戦を前にファシズムの足音が近づきつつあるなかで、主人公が自らの姿を豚に変え、アドリア海を飛行艇とともに好き勝手に飛び回っていることが、すばらしく絵になるのだ。

主人公のポルコ・ロッソは第一次世界大戦の空軍の英雄だった。その英雄が、国が総力を挙げて戦争の準備に取りかかろうとしているときに、徹頭徹尾自分のためだけに空を飛んでいる。誰よりも先に兵士になるべき立場の男が、あろうことか豚になって賞金稼ぎをやっている。何という世の中への痛烈なあてつけ、強烈な反骨の心のあらわれか。

ポルコといっしょにアドリア海で暴れ回る空賊たちも、戦争の気配が確実に近づいていることを承知しながら、鬼ごっこのような牧歌的な争いを決してやめようとしない。

彼らが飛行艇に乗って、フィオ嬢に恋して、カーチスとポルコの対戦をダシにしてセコく稼ぐ——それらすべてが当時の時代背景を前に、「絵」になっているのである。

宮崎駿がすごいところは、ただの飛行機乗りの話を、パイロットを豚にして、舞台を第二次世界大戦前のアドリア海に設定することで、そこに新たな意味を与えてしまったことだ。

「飛ばない豚は、ただの豚だ」

とポルコは言う。そう、豚は飛び続けなくてはならない。破廉恥《はれんち》なまでに真っ赤な機体をアドリア海の空に舞い上がらせることが、寡黙な男にできる時代への最大の抵抗なのだから。

躍動感あふれる久石譲《ひさいしじょう》の音楽に合わせて、飛行艇が空を駆け抜ける姿にひたすらシビれた十代。世界史の知識も増え、感じるところも少しずつ変わってきた二十代。豚が豚であり続けることの凄味《すごみ》が、何となく感じ取れるようになってきた三十代。

「カッコイイとは、こういうことさ。」

という当時の糸井重里《いといしげさと》のコピーが、年を追うたび重く感じられる。

万城目学の国会探訪

先日、取材ではじめて、私は国会議事堂を訪問する機会を得た。

関東圏の小学生なら社会見学コースの定番であったり、近隣の県なら修学旅行コースにも組み入れられたりすることも多いと聞くが、私は関西出身ゆえ、どこまでも、おのぼりさん気分で、名に聞く国権の最高機関たる建物に乗りこんだ。

なぜ、私が国会取材に赴いたかというと、当時雑誌連載していた『プリンセス・トヨトミ』において、国会を少しだけ登場させる必要があったためである。そこで編集の方にお願いして、国会内に入ることができるパスを手配してもらった。国会議員のホームページをのぞくと、支持者を連れての国会ツアーなるものが、頻繁に企画されている。私もそのやり方に乗って、議員の方にパスを出してもらい、議員秘書氏に国会を案内してもらうことになった。ついては普段はジャージ姿で仕事をする私も、さすがに今回ばかりはとスーツをタンスの奥から引っ張りだし、ネクタイから革靴からビシッと決め、いかにも「数字に強そうな若手官僚」を装い、千代田《ちよだ》区永田町《ながたちょう》一丁目に位置する国会議事堂へ向かったのである。

さて、集合場所は議員会館だった。議員会館とは、国会議事堂と道路一本を隔てた場所に建っている、いわば議員用の事務所棟である。玄関でパスをいただき、首からさげる。そこから議員会館内にまずお邪魔したわけだが、何やらまわりの人がやけに急いでいる。役人か、秘書か、それとも議員本人か、何をそんなに急ぐ用事があるのかというほど、携帯片手に、書類片手に、早足で玄関を行き来している。国家の中枢は、うららかな日差し降り注ぐ昼間から、たいへん忙しい。

議員会館は、研究室が立ち並ぶ大学の建物の雰囲気によく似ていた。ドアが開け放しになって、机の上にごちゃごちゃ書類が積み重なっているのが見える。ガラスケースに入った博多人形が飾ってある。何やらおばさんが、難しい顔で書き物をしている。電話がりんりん鳴っている。大学と大きく違うところといえば、部屋の主の顔が、選挙ポスターの形をとって入り口脇にでかでかと貼られていることくらいか。

さて、国会議事堂を目指すのに、なぜに議員会館の中へ案内されるのか？　とは私も入館時から密《ひそ》かに抱いていた疑問だったが、答えはほどなく明らかになる。

実は、議員会館と国会議事堂は、地下のトンネルでつながっている。国会議事堂と道路一本を隔て、衆議院第一、第二議員会館、参議院議員会館と三棟の建物が団地のように並んでいるのだが、いずれも地下トンネルが掘られ、地下で合流しているのだ。

トンネルの天井は、背の高い外国人なら頭をぶつけるのではないかというほど低い。されど、絨毯《じゅうたん》敷きの床幅はなかなか広い。地下通路などというと、いかにも秘密めいた響きがあるが、どこまでも普通の、一見して年代物とわかる古めかしい通行路である。書類や携帯を手にした人々が、ここでも忙《せわ》しなく行き交い、トンネル内は実に賑《にぎ》わしい。

おそらくすれ違う人々の多くが、名に聞く中央省庁に属する役人なのだろう。ひょっとしたら、なかには「○○省の闇将軍」などとあだ名されている人物もいるのかもしれない。総理大臣とツーカーで話ができる大実力者もいるのかもしれない。だが、どこかくたびれたスーツで歩くその姿は、どこからどう見ても、ごくありふれた「働くお父さん」である。ちょうど時刻は昼飯どきで、なぜかトンネル内にはカレーの匂いが漂っている。ごはんを求めてか、それともまだ仕事中なのか、通路を慌ただしく往来する男女の姿は、何の変哲もないオフィス街のランチタイムの光景だった。

地下の長いトンネルを抜けると、いきなり国会議事堂の内部に出た。赤絨毯が敷き詰められ、天井がぐっと高くなる。レトロな照明がぶらさがっていて、薄暗さがかえって雰囲気を引き立てる。秘書氏に従って、赤絨毯の上を、少々気後れしながら進む。きっと地元の支持者をこうして案内することも多いのだろう。秘書氏の先導は実に板についていて、ときどき、

「中央塔の下にあたるこの広間の大きさは、法隆寺《ほうりゅうじ》五重塔がすっぽり入るほどです」

といった、議事堂豆知識を教えてくれる。他にも、

「この電話ボックスは、携帯がない時代、大きな出来事があったとき、記者の人たちが我先に群がり、本社に電話したそうです」

と、もはや隔世の感があるエピソードも披露してくれる。かつては頼りにされていたであろう電話ボックスは、今や誰の注意も引かず、廊下の隅でまるでアンティークのように佇むばかりである。

がらんとした衆議院本会議場をのぞき、天皇陛下が国会を訪問されたときに使用する御休所《ごきゅうしょ》をのぞく。一般の見学コースにも指定されている御休所の前は、ご老人のツアー客に加え、先生に率いられた社会見学の小学生たちが群がり、もうたいへんな混雑模様である。御休所の前の床に、絨毯は敷かれていない。見事な大理石のモザイク画の上を歩くと、当然だが革靴の底がいい音を鳴らす。絨毯が敷いてあるエリアに戻ると、靴の音は消える。よく、国会の映像で赤絨毯の廊下を閣僚たちがずんずん歩いてきて、ずいぶん偉そうに見えるものだが、あれは権威づけよりも、単に靴音を消すために絨毯を敷いているのだろう、きっとあんな大勢が石床の上を歩いたらものすごい音が反響するはず、と今さらながら、その実用的な意味を知る私である。

途中、階段を下りながら、秘書氏が遠慮がちに、マキメさんはどんな小説を書いているのですか？　と訊《たず》ねてきた。「鹿がしゃべる話を書いています」と正直に申告すると、

思いきり怪訝《けげん》な顔で返された。慌てて「今、テレビドラマでやっているんですけど」とつけ加えると、秘書氏は忙しくてテレビはほとんど見ない、と申し訳なさそうに首を振った。

そもそも私は、小説のほんの一部分に、建築物としての国会議事堂を登場させたいと思っているだけで、それ以外の創作上の目的は持ち合わせていない。だが、作家が国会に取材に来ると聞けば、普通は政治を扱った小説を思い浮かべるのだろう。ゆえに秘書氏は気を利かせて、

「委員会を見に行きましょう」

とただ建物を回るのではなく、政治の生の現場を知るための提案をしてくれた。私も今さら、それは小説とはもう何の関係もないのです、とは言えず、秘書氏について衆議院分館で行われる委員会をのぞきにいくことになった。

＊

いったん、国会議事堂を出ると、真っ黒のいかにも悪そうな車がずらりと停車している。玄関方面に回り、お馴染みの正面からの雄姿を写真に収めていると、「○○くん」と国会議員の名前のあとに車を呼ぶアナウンスが響いた。すると、衆議院の前庭に何台も停《と》めてあった車の一台が、勢いよく発進し、玄関に向かう。遠目に車を待つ、非常に

有名な国会議員の顔が見える。テレビで見ると、何ともふてぶてしくて、身体の中に得体の知れぬものが詰まっているように感じられるが、玄関にぽつんと立って、首を伸ばして車を待つ姿は、ただ一個の中高年の出で立《いた》ちである。

議事堂の隣に独立して建つ、衆議院分館に向かう途中、

「今日やっている委員会は、一分委員会しかないのですがよろしいですか?」

と秘書氏にいきなり訊ねられた。

「な、何でしょう一分委員会って」

と慌てて返すと、すでに審議が終わり、決を採るだけの形式的な委員会なので、全員が着席したのち、ものの一分間で終了してしまう委員会のことを指すのだという。

もちろん構いませんとうなずいて、委員会室に連れていってもらった。国会議事堂内ではパスを首からさげておけば、比較的自由に移動できたのだが、委員会室に入室する前で、空港並みのセキュリティチェックを受けた。携帯、財布をはじめ、ポケットのものをすべてロッカーに預けたのち、探知機のゲートをくぐる。OKならバッジをいただく。それをつけて検査室を出ると、委員会室までは衛視《えいし》が先導してくれる。

委員会室には馬蹄形《ばていけい》のように、机とイスが並んでいた。見覚えがあると思ったら、議長を取り囲んで、野党議員が肉弾戦を展開するとき、必ず登場する部屋である。もちろん、一分委員会に、そんな緊張状態が生じるはずもなく、早めに到着した会場には、議

員の姿が二、三人見えるくらいである。書類を読んでいる人、携帯をいじっている人、イヤホンを耳に突っこみ目をつぶっている人、さまざまである。

部屋の壁には、在職二十五年を記念して制作されるという議員の肖像画がずらりと飾られている。四半世紀在職しただけに、見覚えある人物の顔がちらほらある。それらの絵をぼんやり眺めていると、委員会室に三々五々入ってきた議員たちが世間話を始めた。

「あの、竹下《たけした》登《のぼる》先生の絵は誰が描いたものですかねえ?」

議員といえども人間。人間といえば十人十色。場の雰囲気を和まそうとしてか、妙に壁の絵を話題にしようとする人がいる。だが、他の議員は答えを知らないのか、それとも興味がないのか、それともその議員が嫌いなのか、誰も返事をしてあげない。あ、あの人、ちょっとかわいそう、と思っていると、

「竹下先生は平山《ひらやま》郁夫《いくお》画伯ではなかったですか?」

とようやく合いの手が入った。ハハア、平山先生ですか、さすがですなあ、と言い出した当人は、やたら大きな声を上げてうなずき、感心しきりの様子である。何やらノリが、タクシー運転手である。少々、残念な気持ちになる。やはり、国会議員たるもの、常に威風堂々、余人とは異なる、特別なオーラを放ってほしいものだが、議員だって十人十色、ないものはない。

開始二分前になると、人が一気に入室し、委員会のイスはあっという間に埋まってし

まった。議員たちは、ぺちゃくちゃおしゃべりしている。委員長が入ってきても、おしゃべりしている。委員長が議決文を読み上げているときもおしゃべり。読み終えてもおしゃべり。ただ、内容の是非を訊ねたときだけ、「異議なし」と急に野太い声が湧いたが、それもおしゃべりの合間の咳払《せきばら》いのようなものである。終始、私語が飛び交う、ざわついた締まりのない委員会は、ものの一分で確かに終了し、議員たちはやはりぺちゃくちゃしゃべりながら、雪崩《なだれ》を打つように退室した。

確かにこれまで重ねてきた討議に内容は集約され、今日のこの時間に、実質的な意味はないのかもしれない。しかし、これはあまりにヒドいな、と間違いなく人生でもっとも国家の中枢に接近した瞬間にもかかわらず、まったくそこに尊敬できる要素を見出《みいだ》せぬまま、私も委員会室を退室した。

＊

衆議院分館を出たところで、次の仕事が待っている秘書氏とお別れした。腹も空《す》いていたので、国会議事堂内の議員食堂で昼食をとってから帰ることにした。シックで洋風な薫《かお》り漂う食堂に足を踏み入れると、いきなり小さな寿司《すし》カウンターに迎えられた。議員食堂といえども、特別なことは何もなく、いわゆる学食スタイルだが、ただ寿司カウンターだけが豪勢である。カウンターの向こうでは、おやじが難しそうな顔で立っている。ネタケースの前に、カウンター席が三つ用意されているが、おやじがいかにもこわそうで座る気がしない。

私はメンズ定食という、刺身中心の定食を頼み、席についた。しばらくすると、おばちゃんがトレーを運んできてくれた。ごはん、うどん、刺身、小鉢二つと、ずいぶんなボリュームだった。それでも値段は千円しなかったはずだ。国会議員とは、こんなに腹が減る仕事なのか、と感心しながら、ごはんをかきこんでいると、すぐ隣を、食事を終えた佐藤《さとう》ゆかり議員がすうと歩いていった。やはり、ずいぶん美人だった。

売店で福田《ふくだ》総理（当時）の顔の形を象《かたど》った、だるま形せんべいをお土産《みやげ》に買って、国会議事堂を出た。駅に向かう途中、ふと道端で停まった車に視線を向けると、扉が開いて森喜朗《もりよしろう》元首相が出てきた。だが、こちらもチラリと視線を向けるくらいである。ほんの数時間の滞在ながら、有名どころに多数出会い、慣れてしまったのである。何せ、ここは彼らにとっての日常的な「職場」だ。もっとも、日本でいちばんデカく、余人にはどこまでも不可思議な「職場」ではあるけれど。

国会訪問を終え、私は中断していた小説の執筆を再開した。議事堂内の瀟洒《しょうしゃ》で厳格な雰囲気を思い起こし、熱心に案内してくれた秘書氏の横顔を思い返し、筆を進めた。

かくして私は懸案だった、国会議事堂が登場するシーンを書き上げた。

同時に、私は秘書氏に「ごめんなさい」と心で頭を下げた。

あれだけ何時間もかけて、あちこち案内してくれたにもかかわらず、私の書いた国会登場シーンがたったの原稿用紙一枚分で済んでしまったことは、秘書氏には決して言えぬ、私とみなさんだけの固い秘密である。

資格

小説を書きながら無職を貫いていたとき、ふと駅前でもらったフリーペーパーをめくったら、簿記の専門学校の広告が目に入った。

通常二万円の簿記三級のクラスが、誌面隅のクーポンチケットを持っていくと、六千円になるという。貯金も心もとなくなり、再就職の気運が高まりつつあることを感じていた私は、資格を持っておいたほうがのちのち有利だろう、と実にお得なそのクーポンを使ってみることにした。

簿記三級のクラスに申しこみ、週に二回、学校に行って勉強する日々が始まった。

これが存外、楽しかった。就職していたときは経理に配属されていたので、簿記への理解も早い。小説を書いていても正解にはいっこうにたどり着かないが、簿記三級は問題に取り組んだ五分後には正解に到達することができる。実に人の精神にやさしい。

約一カ月ののち、授業は終了した。これだけで終わるのももったいないので、簿記三級の資格試験を受けた。

結果は見事、合格だった。成績は九十七点だった。一問間違えたことがとても悔しかったけれど、会社を辞めてから二年、久々に自尊心を満足させる出来事だった。こうなると、さらに二級の資格が欲しくなった。さっそく、簿記二級の講座を申しこんだ。五万円払って、三カ月間通った。問題集を解き、模試を受けながら、『鴨川ホルモー』を書いた。

私は簿記二級の試験もパスした。今度は百点だった。

「日本でもっとも簿記二級を理解している男になってもうた」

と友人に自慢したら、

「それって何の役に立つのか」

と返された。私はしばし考えこんだのち、

「わからん」

と答えた。確かに、簿記二級程度では履歴書に書いてもほとんど意味を成さない。何せ、どういう動機か、ときどき小学生が受験し、そのまま合格してしまうような試験である。

だが、せっかくここまで勉強したのだから、実のあるものにしたい――迷うことなく、私は簿記一級の講座を申しこんだ。料金は十五万円。このまま、国家資格でもある簿記一級を取得し、その流れで税理士になるってのも手だな、などと、小説家とはずいぶん違う人生を、授業中、黒板の前で想い描いた。

一級の試験を二カ月後に控えたとき、『鴨川ホルモー』が新人賞を受賞したことで、私は税理士への道を放棄したのだが、つくづく思い返すのは、いったいクーポンとは何とおそろしいものか、ということである。

二万円が六千円になるとよろこんでホイホイ誘われた私は、結局その後二十万円も資格勉強に注ぎこむハメになったのだ。もちろん現在、簿記の知識は何も残っていない。

クーポンには気をつけろ――これがいちばん勉強になったことかもしれない。

彼は『鹿男』を観たのか？

思わず肩をすくめ歩いてしまうほど、京都特有の底冷えする寒さが染みわたる日だった。私は作家の森見登美彦《もりみとみひこ》氏と河原町《かわらまち》の薄暗いレゲエ居酒屋にて相見《あいまみ》えた。こうしてお互い、お酒を酌み交わすのははじめてのことだった。

森見氏は私のためにお土産を持参してくれた。思いもしなかったことに、つい顔をほころばしていると、薄っぺらなものを三枚差し出された。

「何です、これは」

「炭酸せんべいです」

なるほど、ビニールの表紙を見ると有馬温泉という文字が見える。

「温泉に行ってきたのですか？」

「いえ、母が行ってきたのです」

なぜ、森見母の息子への温泉土産を、私が手渡されるのか、よくわからなかったが、ありがたくいただいておいた。

「そうそう、ご自身のブログで『鹿男あをによし』のドラマは観ないと宣言しておられましたが、本当に観ていないんですか?」

森見氏は「お、その話題か」とばかりに上体を反《そ》らした。

「いやあ、どうでしょう」

自ら吐き出すタバコの煙の中で、森見氏は空とぼけた。

「僕はオフィシャルでは観ていないということになってますので」

「なんすか、オフィシャルって」

「だからオフィシャルです」

「じゃあ、観ましょうよ。最高ですよ」

と私がさらに畳みかけると、森見氏はいよいよ上体を反らし、煙をすぱすぱ吐き出した。どうもその煙の量が半端ではない。森見氏が吐き出す煙で、いつの間にか店内が白い靄《もや》に覆われるほどである。

私はごほごほと咳《せ》きこみ、煙を手で払いのけた。すると、目の前から森見氏の姿が忽《こつ》然《ぜん》と消えていた。店内を見回すも、すでに森見氏の細長い影はどこにも見当たらない。

仕方がないので、炭酸せんべい三枚をポケットに、いよいよ底冷えする京都の街を、背中を丸め、ホテルに戻った。むきだしの炭酸せんべいは、部屋で取り出すと、ぼろぼろに割れていて、無理して一気に食べると上あごに突き刺さって痛かった。

今月の渡辺篤史 4

狭小住宅考

日本人を日本人たらしめるさまざまな特質——たとえば模倣好き、工夫好き、手先が器用、清潔好きといった独特な要素。これらの根本には日本の家屋がたいへん小さい、というところが多分に影響しているのではないか、などと近頃私は考える。もちろん、梅雨《つゆ》にも負けず、さわやかに放送中の『渡辺篤史の建もの探訪』を視聴しながら。

毎週、多種多様なお宅が紹介されるなか、やはり日本ならではの光景が展開されるのが、狭小住宅を扱った回である。角地に、崖地に、線路脇に、建築面積十坪くらいじゃまだ広く、六坪、七坪のまさに猫の額ほどの土地の上に、人間と空間との生活を賭けた真剣勝負が繰り広げられる。家のいたるところに、空間を少しでも広く見せるための工夫が施され、篤史の鋭い観察眼もうなりを上げ、その精度を増すというものである。

狭小住宅――そこには日本の技術力の粋が詰めこまれている。いや、正確には、狭小ゆえに技術力を伸ばさざるを得なかったというべきか。壁にピタリと吸いつく薄型テレビ然り、部屋のコーナーで場所を取らないノートパソコン然り。狭いゆえ家電を小さくする、狭いゆえ広く見せる工夫をする、そのアイデアをさまざまなところから拝借する。また、狭いゆえ清潔感を保つ。そこには日本の住宅事情から生じる、切実な「必要」がある。まさしく必要は発明の母。白を基調とした、縦に階層を積んだ狭小住宅には、日本の総合力が注ぎこまれている。篤史がそこに潜む工夫を切り取ることは、もはや日本の現在を切り取ることと同義である。

先日の放送で耳にした、

「この二十年、日本の住宅は本当に進化しました。吹き抜け、トップライト、そしてらせん階段」

という篤史のナレーションが実にクールで、世の男がこれを合コンで使ったらきっとモテモテだ、と私は太鼓判を押す者だが、この言葉はまさしく日本の狭小住宅の歩みを示す。

かつての大家族時代から核家族の時代へ、地価高騰を経て、いよいよ土地は手に入りづらい。それでも一戸建てが欲しい日本人が編み出した創意工夫の結晶、それが狭小住宅。むかしより明らかに直径が短くなっているらせん階段の外観一つとっても、そこには日本人の切なる願いがこめられているのである。

ああ、狭小住宅よ――永遠なれ。

今月の渡辺篤史

5 年下の男の子

当方すでに三十歳を超え、まさにふてくされてばかりの十代を過ぎ、分別もついて齢もとりにとった観があるが、最近ちらほら周囲から聞こえてくるのが、

「家を買いたい」

「家を買った」

「ローンがローンが」

「こりゃ、一生会社辞められへんわ」

等々の、切実なる〝家購入〟問題についての声である。

私の独自調査によると、三十歳過ぎ、既婚、小さな子ども一人、という家族構成のサラリーマンが、関西で土地・建物・ガレージつき一戸建てを狙う場合、上限ラインはズバリ四千万円になる。これが東京だと、同じ物件を買うにも五千五百万円くらいまで跳ね上がるので、東京組の場合、目標をマンションに切り替えざるを得ないのが現状だ。

終《つい》の棲家《すみか》を得るために、人間は何と働きに働かにゃならんのか、と少々暗澹《あんたん》とする現実であるが、そんな「買うための家」という今まで思いもしなかった側面に注意が向くようになったのは、こうした同世代の友人らが直面する現実に加え、『渡辺篤史の建もの探訪』に、ついに年下のご主人が登場し始めたことが影響しているのは言うまでもない。

私より若い、愛嬌ある笑顔のご主人が、堂々新築のお宅を篤史に紹介している。これが憎たらしいくらい素敵なお宅なのだ。洗面台のツーボウルは当たり前、壁に飾った額縁の絵は様になり、観葉植物は要所に配置され、ゆったりした間取りのあちこちに、いかにも小洒落《こじゃれ》た小物類がアクセントとなって彩りを添えている。とどめは奥様がキュート。まったく、センスも抜群、収入も抜群、奥様も可憐《かれん》ときたものか。それとも収入の部分だけは、宝くじで三億円当て、それでドンと家を建てたのだろうか。どうかご主人、三億円当てたと言ってくれ。

もしくは、奥さんのご実家が大富豪で、ご両親がポンと一軒プレゼントしてくれるも、

「それはいけません、お義父《とう》さん」と毎月少しずつ稼ぎから返しているのだろうか。どうかご主人、せっせと返していると言ってくれ。

篤史も相手が若いご夫婦のほうがノリがよく、舌も滑らか、いかにも楽しそうである。だが、若いご夫婦が登場する回は実にまれだ。やはり、若い二人がおしゃれな家を持つことは、とても難しいことなのだ。

それだけに、私は激しく嫉妬してしまう。素敵な家を持ち、さらには篤史まで招いて楽しませてしまう、どこまでもよくできた年下のご主人を。

今月の渡辺篤史

6 見えるバスルーム

みなさん！　日本の風呂が「えらいこっちゃ」である。

残暑はまだまだ厳しくとも、今日も篤史は長袖ジャケット姿で紳士然として登場の『渡辺篤史の建もの探訪』。こだわりの注文住宅を篤史とともに内見することで、これからの家屋スタンダードとも言うべき昨今の流行をいち早く感じ取ることができるこの番組。そのなかで、明らかな新潮流が押し寄せてきていることを、私はここに報告しなければならない。

すなわち、「見えるバスルーム」である。

古来、風呂とは「のぞく」ものであった。出歯亀《でばかめ》という言葉の由来然り、由美《ゆみ》かおるのありがたさ然り、風呂とは外部から隠されている場所であった。

ところが、である。近頃、「見えるバスルーム」を明らかに番組内で見かける機会が多くなった。もはや激増と言っていい。「見える」といっても、決して外部から見えるわけではない。内部から見えるのである。すなわち、洗面所と浴室が併設されている場合、境界の壁が全面ガラス張りとなって、双方向、丸見えになっているのだ。

これが私にはわからない。だって、誰かが風呂に入っているとき、洗面所に用がある人から、浴室の内部が丸わかりなのである。洗面所にトイレがついている場合は、逆に浴室からも丸見えだ。それってお互い嫌だろう。番組に出てくるその小さな娘さんが高校生になったらどうするの？ 入浴中、お父さん、絶対洗面所に入れさせてもらえないよ？

知人の知人の建築家から又聞きした情報によると、この「見えるバスルーム」は近頃、建築家がこぞってやりたがっている仕事らしい。本当に流行《はや》っているのだ。要は少しでも空間を広く見せたいという、日本の狭小住宅事情が生んだ工夫の一環だそうで、最近、番組ではリビングの隅にガラスを張り、そこに浴室を構えるという間取りまで登場した。テレビを見ている横で、食事をしている横で、ガラス越しに入浴シーンが見えるのである。流行の波に押され、現実はもはや応用の段階に入っているのか。

日本は恥の文化の国だという。その割に外国人でも恥じらう、公衆浴場での裸の付き合いがあったり、酔うとすぐ裸になりたがる輩《やから》がいたり、恥の在《あ》りかがよくわからない部分もある。

恥も時代とともに流動する。浴室に張られた一枚のガラスは、日本人の「恥」と「裸」への価値観の揺れを端的に映し出している。

第3章

のろいのチャンネル

大学を卒業して、関西を離れ、遠く静岡で働く日々が始まったとき、ふとした拍子に関西のにおいを感じることができると、無性にうれしかった。

それはたとえば、独身寮の同僚の部屋で、彼が使うテレビのリモコンを見て、

「わ、自分といっしょ」

などと気づくときである。

同僚のリモコンは、チャンネルを示す数字ボタンのうち「2、4、6、8、10、12」の印字が、ほとんど消えかかっていた。

これはリモコンの持ち主に関する二つの事実を端的に示している。ひとつは、長らく関西圏に住んでいたこと。もうひとつは相当にザッピングを好む性格である、ということだ。

ご存じのとおり、テレビのチャンネルというのは、地域によって異なる。「2、4、6、8、10、12」のボタンの数字がすり切れているのは、関西圏で電波を受信していたということにほかならない。かくいう私のリモコンも、主要チャンネル「2、4、6、8、

10、12」の数字が、その上を幾度となく通過していった右手親指との摩擦により、すっかり薄れてしまっていた。その風景は、私には関西の名残そのものだったのだ。

職を辞し、小説家になるべく東京に引っ越しても、この「2、4、6、8、10、12」の呪縛からなかなか逃れられなかった。つまり、東京のチャンネル配置をさっぱり覚えられなかった。たとえば、NHK教育テレビといったらこれはどうしようもなく「12」であり、

「こちらで教育は3です」

などとすまし顔で言われても困るのである。「3」といったらサンテレビ。阪神戦が早く終わりすぎたときの、モンスターカー・レースを流すチャンネルでしかないのである。それでも、東京に住んではや数年、学習を重ね、ようやくテレビ朝日（関西圏での朝日放送）が「10」ということがストレートに理解できるようになってきた。

と思ったら、今度の地デジ化である。何ということか、テレビ朝日は「5」になるというではないか。「5」といえば、私のチャンネル設定では「KBS京都」しかなかろうて。

地デジ化に伴い、これまで関西で「2」だったNHK総合は、「1」になる。「1」といえば砂嵐のチャンネル。誰も触れないボタンだ。しかし、これからはそれを押して、関西のお母さま方は朝の連ドラを迎えねばならない。

かくして時代は移りゆく。

私はふたたび置いていかれる。

まちくらべ

以前、大阪に住む同級生から、

「新宿《しんじゅく》と渋谷《しぶや》と上野《うえの》の位置関係について教えてくれ」

と請われ、咄嗟《とっさ》に、

「その三つは、山手線《やまのて》の駅がある場所やの。山手線は環状線なわけだから、これをいっそ大阪環状線に置き換えてみたらよい。すなわち、新宿、渋谷、上野はそれぞれ、大阪環状線の弁天町《べんてんちょう》、大正《たいしょう》、京橋《きょうばし》の位置に対応する。――そう、新宿と上野はだいたい東西正反対に位置している。なに、吉祥寺？　吉祥寺は新宿から中央線で西向きやから、弁天町から、地下鉄に乗って海遊館《かいゆうかん》のへんに行く感じやろか。あ、こっちの地下鉄も同じ中央線て名前やな」

と答えたのは、我ながら何度思い返しても、胸がすく名回答だったと自負するが、もちろん山手線と大阪環状線はその規模を異にし、山手線の一周約三十五キロに対し、大阪環状線は一周約二十二キロと、前者のほうが一・六倍ほど長い。

東京に引っ越す前は、

「買い物や食事に出かける際、渋谷・新宿・池袋《いけぶくろ》・六本木《ろっぽんぎ》と、東京には名の知れた街がやたら近接しているが、どうやって今日行く場所を決めるのだろう?」

という疑問を抱いていたが、いざ住んで知ったのは、東京とは地形的に、ほぼ全方位にわたり展開されている街で、大阪とは街のあり方の感覚がちがう、ということだった。

たとえば大阪の場合、キタは梅田、ミナミは難波《なんば》と、南北にわかりやすく街が配置され、難波より南に住む人がわざわざ梅田まで買い物に行くことはまれである。もはやそこには心理的制約すら潜んでいる。

大阪に住んでいるときはなかなか意識しないが、この制約を加えている主は実は大阪湾だ。大阪湾は大阪の西側ほぼすべてを覆う。逆に言うと、大阪は湾を背に、百八十度の展開しか許されない地形なのだ。

それに対し、東京の角度は広い。卵ほどの大きさの東京湾を、人の手が覆い尽くすように、限りなく街が広がる。しかも大阪と異なり、伸張する先に山がない。神奈川、千葉、埼玉と県をまたぎ、関東平野全体が一個の大都会を成す。

梅田、難波クラスの街がゴロゴロと併存できるのも、人口が多いうえに、地理的制約がないからだ。何しろ、新宿駅の一日の乗降客数は三百五十万近くに及び、大阪市の人口をはるかに上回る。とてもひとつの駅の周辺でまかなえない。ゆえに、電車で十分もかからない場所に、渋谷・池袋・六本木といった街が控えることになる。

ただし、そんな東京にも弱点がある。そう、あの強烈な夕焼けだけは見ることができない。世界一とも言えるあの大阪の夕焼けだけは、逆に地理的制約から永遠に見ることができない。

懐かしのローカルＣＭ

関西のローカルＣＭというものはなかなか強烈で、たとえば先日も、夕闇にライトアップされる東京タワーを遠目に眺めていたら、

「レジャービル――味園《みその》（味園、味園……）」

とエコーを存分に響かせて、懐かしいＣＭのナレーションが突如脳裏にフラッシュバックした。別に目の前の風景とは、何の関連もない。ただただ記憶の底蓋が一瞬開き、かつてよく耳にしたフレーズが、煌々《こうこう》と光を放つ東京タワーを背景に蘇《よみがえ》ったのである。

思い返してみるに、懐かしいＣＭというと、私の場合、だいたい中学生の頃までというイメージを持つ。なかでも好きだったのは古くさい雰囲気のＣＭ、つまりざっと二十年前の当時でも、

「このフィルムの粗さはないやろ」

としみじみ実感できる年季が入った出来のものが好きだった。

先述の「味園」に加え、「ちょこちょこ行ってます」の日本料理「河久《かわきゅう》」。「連れてい

ってもらったこと、ありません」と部下の男性がめまいのするような棒読みで告げるシーンが忘れがたい。若き日の元阪神タイガース岡田《おかだ》・川藤《かわとう》らが出ていたサンガリアのCMに流れる、あの真似《まね》したくても到底できない「一期一会の間」に通底するものがある。

難波の映画館でよく目にした心斎橋大成閣《しんさいばしたいせいかく》や、テレビでは有馬兵衛《ありまひょうえ》向陽閣《こうようかく》といった、ラストにこぶしの利いた声で、自らの名を歌うやつも好きだったし、ハナテン中古車センターのいっさい車が映らない妖しい雰囲気のCMも好きだった。

なかでもお気に入りは「とんかつKYK」である。ファンシーな服装の女性三人が、

「K、Y、K、う〜ん」

とやる。字にするとわかりにくいが、最後の「う〜ん」という部分は、外国語っぽく発音する。「K、Y、K」をやった三人が並んで、いかにも当時流行《はや》っていそうな、あごに指を添えて、「う〜ん」とやる仕草が私はなぜか大好きだ。ゆえに、私は夢想する。

いつか、スパイを捕まえる。どういう状況かはわからないが、関西人のフリをしているスパイを捕まえる。容疑者は全員で四人。いずれも中年だ。そのなかのひとりが極めて怪しいのだが、取り調べにも容易に尻尾《しっぽ》を出さない。

そこに私が登場する。

私は四人を一列に並ばせる。いちばん怪しいのは最後尾に置く。そして、先頭からひ

とりずつ「K」「Y」「K」と言わせていく。もしも四人目が「う〜ん」とあごに指を添えて続けなかったらアウトである。

そんな想像をつい膨らませてしまうほど、関西のローカルCMとは奥が深い。

カウンターの三賢人

かつて京都で大学生活を送っていた頃、下宿の向かいの小さな定食屋でよく顔を合わせる、三人の中年の常連客がいた。

男性ふたりに女性ひとり、男性同士はパチンコ仲間で、女性はむかし祇園《ぎおん》でママをやっていた。別に会話を交わしたわけではない。カウンターのみの狭い店内に加え、彼らの声が大きいものだから、否応《いやおう》なしに話の内容が聞こえてくるのである。

ある日、男性のひとりがバウムクーヘンを店に持ってきた。パチンコの景品でもらったのだという。

「バウムクーヘンって、どこの国のお菓子やろか？」

と持参した男性が問いを放つと、

「オランダかなあ」

と商売柄か、酒やけした声で元祇園ママが首をひねった。

「ドイツちゃうか」

ともうひとりの男性も加わるが、誰も正解を知らないので話がまとまらない。

そこへ日本酒が運ばれ、つまみが出されたことで、話はいったん中断した。

しばらくして、カウンターに置かれたままのバウムクーヘンを見て、元祇園ママがぽつりとつぶやいた。

「このバウムクーヘン、ドイツんだ？」

「オランだ」

と持ち主の男性が即座に答えた。

一瞬の間を置いたのち、残る男性がおもむろに、

「こんなところにバウムクーヘン置いたら、ジャーマ（ン）やがな」

と重ねてきた。

見事すぎるダジャレの三重奏に、同じくカウンターの隅で日替わり定食をいただいていた私は、箸を止め、人知れず感動した。

しかし、何といってもたまらなかったのは、他のふたりが、ドイツの英語読みがジャーマンということを知らず、この渾身《こんしん》の勢いで放たれた第三打を完全に無視してしまったことだ。

そのまま見送るにはあまりに惜しい出来と思ったか、先の男性が、

「だからやな……ここに置いてたら、ジャーマ（ン）やがな」

とさびしそうな声でふたたびアプローチするのを聞きながら、私はうっかり口へ運んでしまった唐揚げを、必死で噴き出さぬようがんばった。

高レベルのスポーツ選手が集うと、言語国籍が異なろうと、お互いすばらしいプレーができるのを指し、

「イメージを共有し合うと、言葉はいらない」

と表現することがあるが、間違いなく、あのとき何の打ち合わせもなく、突然始まったダジャレ三連発は世界レベルのプレーだった。

その偉大さは、はや十年が経《た》っても、バウムクーヘンを見た瞬間、脊髄《せきずい》反射の如《ごと》くダジャレが蘇るなど、今もって色褪《いろあ》せることを知らない。

しずお蚊

大学を卒業し、化学繊維メーカーに就職した私は、社会人の基礎を勉強するべく、新入社員研修センターのある静岡に向かった。

荷物を運びこみ、あてがわれた部屋の窓を開けると、そこには鮮やかな桜景色。さあ、新しい日々が始まるぞと咲き誇る花弁を見上げ、気持ちを引き締めていると、急に手の甲に違和感を覚えた。しばらくすると、そこにくっきりと虫刺されのふくらみが発生した。いったい何だろうと見つめていたら、どんどんかゆくなる。四月に蚊がいるはずもないし、と訝《いぶか》しがる私の目の前を、大きな蚊がゆっくりと飛んでいった。

そのときから、私と蚊との長い戦いが始まった。

なぜか、そこには蚊がいた。四月なのに、周囲は蚊だらけだった。

新入社員研修を終え、発表された配属先は、研修センターの向かいにある工場だった。工場の独身寮の鍵をもらい、そのまま荷物を持って、寮の部屋を開けた。

ゼロ戦のように羽を広げ、三匹が部屋の真ん中目指し、横一列に編隊を組んで飛んでいく姿がいきなり目に入った。寝るまでに、わずか四畳半の部屋なのに、十九匹の蚊を殺した。改めて言うが、四月の出来事である。

どれほど殺しても蚊は湧き出した。奴らは不死身だった。何しろ、秋になっても数が減らない。信じられないことに、冬になっても姿を消さない。

その証拠に、店員がサンタの格好でレジ係をしているクリスマスのコンビニで、堂々と「ベープリキッド」の九十日用を売っている。本当の話である。

静岡以外の土地からやってきた寮の同僚たちは、雪の日も蚊に刺されながら、いったいどこからこの蚊は湧き出すのかと考えた。

ある者は工場のボイラー熱が、工業用水に作用して孵化《ふか》を連続させるのではないか、と訴えた。しかし、ある者が即座に隣の市でも刺されたと反論し、静岡県東部全域に関わる問題であることを明らかにした。私は、きっと富士山の地下深くに秘密の地中湖があり、火山エネルギーからくる地熱によって年中ボウフラが養殖されているのだ、と訴えたが全員に無視された。

結局、蚊の出所はわからぬまま、やがて強力な虫除《むしよ》け器の薬剤にも耐性を持つ最強世代の蚊まで登場するなど、どこまでもタフな連中を、誰からともなく、

「しずお蚊」

と呼ぶようになった。

もしも、この文章を読んだあなたがこれから静岡県東部に転勤する予定なら、悪いことは言わない。今すぐ、棚の上にしまってある虫除けグッズを、旅行カバンに詰めよう。穏やかな気候と人柄に包まれた土地で、最強「しずお蚊」との年中無休の戦いが、あなたを待っている。

室伏の夢

これまで見た夢のなかで、一等不思議だったのは、化学繊維メーカーで働いていたときのもので、それは、

「係長のもとに、室伏広治《むろふしこうじ》のハンマー投げについての記録をまとめて提出する」

というところからスタートする夢だった。

夢の舞台は職場である。係長は私が差し出した書類をデスクの上に広げ、いつものように上体を覆い被《かぶ》せるようにして、顔を近づけた。しばらくして面《おもて》を上げ、

「オイ、これに室伏が更新する前の日本記録をつけ加えておいてくれるか?」

とプラスアルファの情報を添えるよう求めてきた。

言うまでもないことだが、室伏広治選手は男子ハンマー投げの日本記録保持者である。

夢ゆえに、職場で妙な仕事をするのは致し方ないこととして、なぜに室伏が突然登場したかというと、当時シドニー・オリンピックがちょうど開催されていたからだろう。もちろん、室伏選手も日本代表として大会に出場していた。

さて、係長から突然、新たな情報の添付を求められた私は、はたと言葉に詰まった。どこかのファイルをのぞいたら、出てくるかなと考えたが、すぐには答えが浮かんでこない。

すると、私の表情を見て、係長がおもむろに告げた。

「室伏の親父《おやじ》の記録はあるか？」

「はい、それならファイルにありますが……」

唐突な質問に戸惑う私だったが、一瞬の間ののち、

「あ、そうか！」

と思わず声を上げた。

というのも、室伏が日本記録を樹立したときに破った記録は、かつて、同じハンマー投げ選手だった父親が打ち立てたもので（本当の話）、室伏父のデータを見たら、ひとつ前の日本記録も自動的に判明することに気づいたからである。

すべてを了解して唸《うな》る私に、「それを見たらわかるだろう」と係長はニヤリと笑みを送った。私はさすが係長と感心しながら、データを拾うべく、席に戻った――。

この一連の夢を思い返すたび驚くのは、何といっても、この係長も私の脳の一部が演じているということである。夢の中で、私の知能レベルを客観的に把握しながら、夢全体を構成するさらに上位の意識が明らかに存在しているという不思議。もしも現実の世

界で「室伏が更新する前の日本記録は?」と訊《たず》ねられたとしても、間違いなく私は、それに答えることができなかったはずだ。

脳には使い途《みち》がわからない未知の領域がたくさん残っているというが、あのとき私は、係長の姿を借りてひょっこりと顔をのぞかせた、普段は奥にひっこんでいる脳の一部と会話したにちがいない、と踏んでいる。

疑いなく、奥にいるそいつは私より数段頭がいい。できたら、もう少し普段から助力してくれるとありがたいのだが、残念ながら、室伏の話をしたきり二度と現れてくれない。

東の年越し

静岡で会社員生活を始めた一年目のある日、向かいの席に座っている人が、

「やっぱりマキメは、節分に太巻き食べるの？」

と突然、訊ねてきた。

「ひとり暮らしだと、面倒でしませんが、実家にいたときは食べました」

と問いかけの意図がわからぬまま返すと、

「やっぱり、今年はこっちの方角とか決めて、それに従って食べるの？」

とさらに重ねられ、当たり前じゃないかと訝しがりながら、

「ええ、そりゃまあ」

とうなずくと、それまで黙ってやりとりを聞いていた周囲から、

「へえ、本当なんだ」

と一斉に声が上がった。

そのときになってようやく私は、節分に太巻きを食べるのは関西特有の習慣で、ここ

静岡には存在しない文化だと知った。あれほどメジャーな習慣が、新幹線で二時間も離れていない場所では完全な異文化になるという事実に、新鮮な驚きを感じたものである。そして、歴史は繰り返す。

去年の正月、私は大阪の実家には帰省せず、東京で仕事を続けることになった。大みそか、普段よく足を運ぶそば屋で年越しそばを買い求め、年をまたぐ準備を万全にした。私は紅白歌合戦が終わったあと、『ゆく年くる年』の鐘がつかれる映像を観ながら、年越しそばをいただくのが大好きだ。あったかいつゆを飲むと、ああ今年も終わりだなあ、とじんわり気持ちもあたたかくなる。

紅白を観終え、私はさっそく年越しそばの準備にとりかかった。麺といっしょに箱に入っていたつゆをお湯で割って、そばを入れる。さあ、いただきます、とひと口すったところで何かがおかしいと感じた。

やけに味が薄い。

何かつゆの処理を間違えたのかと箱をひっくり返すも、そばを茹《ゆ》でる際の説明書きが入っているだけで、つゆへの言及はどこにもない。仕方がないので、醤油《しょうゆ》を足した。余計変な味になってしまい、とても悲しい気持ちで年を越した。

私が自分の過ちの原因を知ったのは、それから数十分後、都内のそば屋で年越しそばを食す人々のニュース映像を観たときである。何ということか、東京の人々は、誰もがもりそばを食べていた。つまり、あの箱に入っていたつゆは原液で使うべきものだったのだ。

あれから一年、今年も東京で正月を過ごすことになった私は、ふたたび同じそば屋で年越しそばを買った。今度は間違えず、もりそばでいただいた。冷たいつゆでつるつるそばをすすりながら、違う文化を受け入れることは難しい、年越しそばはあたたかいのがよい、と二年越しの結論を下していたら、テレビの向こうで除夜の鐘が物悲しげにごんと鳴った。

バルセロナのピカソ

先日、仕事でバルセロナを訪れた私（第4章「万太郎がゆく、クラシコ観戦記」参照）は、時間の合間を縫ってピカソ美術館に赴いた。

十四年前の大学一回生の夏休み、バックパック一個を担いで、ヨーロッパを鉄道で回った。そのとき、バルセロナに一泊して、ピカソ美術館を訪れた。私は十九歳だった。当然、ピカソなんぞまるでわからず、当時の旅日記には、

「ピカソ、何かイマイチ」

などと、おそろしいことを平気で書いていた。

十四年ぶりの美術館再訪は、自分の感じ方の変化を確かめる実験でもあった。

バルセロナのピカソ美術館の特徴は、年代順に部屋が拵《こしら》えてあるところだ。たとえば最初の部屋には「1895-96」と壁に大書きされている。ピカソは一八八一年生まれなので、

「この部屋は、ピカソが中学二年生のとき描いた作品を並べてるのだな」

ということがわかる。

私は絵がよくわからない。いわゆる鑑識眼というものも皆無である。なので、

「○歳でこれを描《か》いたのか、何とまあ」

と年代ばかりを意識しながら回っていくと、おもしろいことに気がついた。

何というか、わかるのだ。

私のような凡人と比較され、ピカソも迷惑だろうが、二十一歳あたりで「青の時代」に突入する。青色だらけの部屋で私は、

「ああ、二十一歳で私も小説を書き始めたとき、青っちい、ナイーブな作品ができ上がったよなあ」

と勝手に共感してしまうのだ。「青の時代」を卒業し、裸婦や風景や、いろいろな対象を描いているのを見ては、

「何が自分にいちばん適しているのか、探してますな。私もいろんなタイプの小説を書いて試したわい」

とこれまた共感する。

さらに部屋を進むと、壁の年代が途切れる。ピカソがバルセロナから、パリに行ってしまうのだ。

「強者《つわもの》どもが集う芸術の中心地へと旅立ったな。私も会社辞めて、東京に出て勝負かけ

たもの」

　とどこまでも我田引水である。そりゃあ、十九歳の自分が楽しめないはずだ。このやり方には、年月が要《い》る。

　次の部屋では一気に、時間が十年進み、ピカソは三十代後半になっていた。ピカソは劇的に変化していた。壁に並ぶのは、目や鼻が好き勝手にとっちらかった、いわゆる「ピカソ」の絵だ。バルセロナでの試行錯誤の日々を経て、パリの地で彼はついに自分の表現のかたちを見つけたのだ。

　もはや敵なし、我が道をゆくといった様子のそれから先の部屋は、今の私にはわからなかった。己の表現を完全に見つけていない私には、まだ手の届かぬ世界だったのだ。

　いつか三度目に訪れたとき、私はどこまで部屋を進めるだろう?

語ること、失うこと

小説家になって世に本が出て、生まれてはじめてインタビューというものを受けたとき、

「ははあ、これは難しい作業だな」

と思った。というのも、「好きな食べ物は何?」と訊《き》かれるのと異なり、「どういうことを考えてこれを書いたのか?」という質問には、なかなかひと言では表せない、さまざまなもやもやが答えとして頭に詰まっているからである。

もっとも、聞き手も一回のやりとりですべてを把握できるとは思っていないので、何度かやりとりが交わされる。そのうちに、考えが成形され、結論めいた答えが生み出される。

ところが、これがどうもしっくりこない。確かに、自分から答え、内容もそのとおりなのに、どこかちがう気がするのである。

その後、インタビューの経験を重ねるうちに、その理由が薄々知れてきた。

それはインタビューというものが、「頭のなかの出来事を写真に収める作業」だったからである。

妙なたとえだが、小学校の学芸会などで使うセットがあったとする。板に絵を描いただけの張りぼてのやつでよい。それを手前から、背の低い花壇、ベンチ、電話ボックス、さまざまな公園の遊具といったように順番に立てていく。インタビューとは、これらを正面から一枚の写真に収める作業に似ている。聞き手の質問は、カメラを向けるアングルだ。

当然、写真からはセットどうしの距離や、手前のセットによって隠された部分はうかがえない。セットの裏側に書かれた落書きや、床に残るペンキあとは、なおさら写らない。

ひとつのことを決めるとき、人間はいろいろな思考を組み合わせ結論を導く。だが、他人の目にその過程は映らない。結論のみが、重なり合うセットを正面から捉えた写真のように残る。それを見てはじめて、人は他人の考えを知り、文字にすることができる。

このとき、私が言葉で説明しきれず、写真にも写らない部分がある。それもまた確かに自分の記憶なのだが、不思議なことに、何度も同じ質問を受けるうち、この「写らない部分」がどんどん自分のなかから消えていく。いつしか私は、はじめに立っていた舞台袖からではなく、でき上がった写真を見て、そこに写るものについて語る自分を発見する。つまり、私の記憶はいつの間にか、アングルを固定されたインタビュー用のものへと書き換えられてしまったのだ。

近頃、新刊を出したおかげで、私はときどきインタビューを受ける。訊かれたことに対し、頭のなかを整理して答える。考えがまとまる代わりに、やはり少しずつ、私は記憶を失っていく。

二月十三日のさすが大阪

このたび、二〇〇九年度「咲くやこの花賞 文芸その他部門」という、大阪市が主催する、主に若手を対象にした文化振興賞をいただいた。ついては、去る二〇一〇年二月十三日に授賞式が執り行われた。

普通、こういう文化賞というのは、オールジャンルからその年を代表する一人、二人を選ぶものだが、この賞のエラいところは、「美術」「音楽」「演劇・舞踊」「大衆芸能」「文芸その他部門」と五つも対象が分かれていることだ。まさに大阪の矜持《きょうじ》を見る思い。さすが、大阪である。

大阪市中央公会堂にて開催された立派な授賞式ののち、玄関ホールに場所を移し、私の著作の即売会があった。私は机の前に座り、本を買ってくれた人にサインする。おそらく、授賞式ではじめて私の存在を知り、ノリで本を買ってくれたとおぼしきおっちゃんが、

「お、アンタ、さっきあらすじ聞いてたら、なんかおもろそうやの。これ、買《こ》うていく

わ。アンタ、なんか大物なりそうやから応援してるで。何？　ワシの名前もそこに書いてくれるんか。うーん……別にいらんわ」

と迫ってくる。普段、私の住む東京では、決して出会えない一線の越え方である。さすが、大阪である。

式のあとの懇親会では、昨年度の「文芸その他部門」を受賞された、芥川賞作家の津《つ》村記久子《むらきくこ》さんにお会いした。立食パーティー形式のなか、出席された歴代の受賞者の方々が、前に出て短いスピーチをするなか、津村さんは皿を手に熱心にスパゲティを食されている。あまりに泰然としたその様子に、

「津村さんにも、順番が回ってくるんじゃないですか？」

と訊ねると、

「いえ、私には回ってきません。そんな話は市の方からのメールに、いっさいありませんでしたから」

ときっぱり言いきり、ふたたびスパゲティに戻られた。私を含め、周囲の誰もが、「そんなわけがない」と思ったはずだが、ご本人が自信満々なので言い返すわけにいかない。仕方なく黙って進行を見守っていると、案の定「昨年度の受賞者、津村記久子さん、どうぞこちらへ」とコールがかかった。

途端、

「のうぇ」

と妙な声が後ろから聞こえてきた。津村さんだった。

何事かうめきながら、津村さんは前方のマイクスタンドへふらふらと向かった。マイク前に立っての第一声は、

「ホンマに呼ばれるなんて、思ってませんでした」

だった。

しばらく間があき、ふたたび口を開いたと思うと、やはり、

「ホンマに呼ばれるなんて、思ってませんでした」

だった。

それから津村さんは、スピーチのなかで、このセリフを五回以上繰り返した。かなり執拗な「天丼」攻撃だった。愉快な方だった。さすが、作家も大阪である。

懇親会後、いっしょに串《くし》カツを食べにいこうという話になり、中央公会堂の前からタクシーに乗ったら、

「今日は、何がありましたん?」

とさっそく運転手のおっちゃんに訊ねられた。同乗していた出版社の方が、

「ええ、咲くやこの花賞の授賞式がありまして」

と正直に答えたら、

「ふうん」

と一拍置いたのち、

「どんな悪いことしたら、その賞もらえますすん？」

とさらに訊いてきた。ああ大阪っぽいなあ、と思いつつ、まじめに説明するのも億劫《おっくう》なので、

「淀川《よどがわ》でゴミを拾ったらもらえます」

とはぐらかすように私が答えたら（実際、今回美術部門受賞の淀川テクニックさんは、川沿いのゴミを集めて、すばらしくユニークな作品を発表されている）、

「御堂筋《みどうすじ》でギンナン拾っても、もらえますすん？」

と返され、くやしいけれど笑ってしまった。ちょうどそのとき車が走っていた御堂筋は、秋になるとイチョウ並木がギンナンだらけになることで大阪ではとても有名なのだ。

途中、「お客さん、これから合コンでっか？」などと、好き放題言われながら、ようやく目的地に到着した。下車するなり、東京から来た出版社の方が「こちらの方は……すごいですねえ」とうめくようにつぶやいた。なぜか隣で、津村さんが「すいません、ホンマすいません」と謝っていた。私は、さすが、大阪ですなあ、と妙に愉快な気分になって、宗右衛門町《そうえもんちょう》目指し歩き始めた。

ひょうたんみやげ話

私の仕事場には、ひょうたんが飾ってある。

それらは大阪を舞台にした拙著のなかに、ひょうたんがたくさん登場するシーンがあり、資料のために買い集めたものだ。

この作品を連載中、私は北京オリンピックに別の取材で訪れた（第4章「万太郎がゆく、北京オリンピック観戦記」参照）。その際、男子サッカーを観戦した瀋陽《しんよう》にて、ひょうたんを買った。清朝の太祖ヌルハチが建てた故宮前の土産物屋《みやげものや》には、地元の名産品なのか、ひょうたんを売る店が多かった。単価も日本の五分の一ほどで、これは資料にちょうどよいと何個か買い求めたのである。

持ち帰ったお土産を、私は部屋に飾った。小ぶりな胴体に、五輪のマスコットキャラクターの絵をそれぞれ描いた、なかなか愛らしいひょうたんだった。それとは別に、関《かん》羽《う》の絵が描かれたひょうたんを、『プリンセス・トヨトミ』担当編集の方に差し上げた。

これらのひょうたんをあちこちに飾った私の仕事場の前には、大きな空き地があった。

そのせいか、部屋によく虫が出た。食べ物もないのに、一日に必ず三匹は、壁に止まっている虫を殺した。その虫は、てんとうむしをウンと小さくしたような形をしていた。蠅《はえ》でもなく、蟻《あり》でもない、見たことのない羽虫だった。スタンドの照明目がけて重たげに飛んでくるので、仕事中はひどく邪魔だった。

虫は冬になっても現れた。毎日、必ず空気を換えるために窓を開ける、その短い時間に網戸の目をくぐって入りこむようだった。温暖な静岡なら知らず、深刻な冬場にも、不格好ながらこれほど元気に飛び続ける虫を、私はこれまで見たことがなかった。この周辺にしか生息しない新種なのではないか、とさえときに真剣に想像した。

冬を越え、春、夏、秋になってものろのろ天井らへんを飛んでいた虫を、そういえば最近見かけないな、と気がついたのは、ほんのひと月ほど前のことだ。さらに、その理由が突如明らかになったのは、まさに一週間前、

「そういえば、マキメさんにずっと謝ろうと思っていたことがあったんです」

と先述のひょうたんを渡した担当編集の方に急に切り出されたことがきっかけだった。

「実は、いただいた中国土産のひょうたん、結構以前に捨ててしまっていまして」

「え、どうしてです？」

「何だか会社の私のデスクのまわりだけ、やけに虫が多いなあ、と思っていたら、置いていたひょうたんの表面に小さなウジが湧いていて」

「そ、それって——てんとうむしを小さくしたような黒いやつですか？」

「ええ、飛んでいたやつはそれです」

その瞬間、私はすべてを了解した。

なぜ、虫が毎日、飽きもせず、部屋を飛んでいたのか。空き地のせいではない。どこかに人知れず食べ物が落ちていたわけでもない。私がひょうたんを壁に吊《つ》るし、中にやつらを飼っていたのである。あの寒さ厳しき中国東北部で生き抜いてきた連中にとって、私の部屋など、冬場であれ常春以外の何ものでもなかっただろう。

では、なぜ虫を最近見かけなくなったのか？

それは、ある日、ひょうたんの底が抜けて、変な粉っぽいものが床に散らばっているのを発見した私が、秋あたりにひょうたんごと撤去したからだ。今思うと、あれはひょうたんの組織だったのか、それとも卵だったのか。

現在、ひょうたんは袋に入れクロゼット奥に放置されたままだ。中国からはるばるやってきた羽虫のその後は、まだ誰も知らない。

めぐりめぐりてキミに出逢う

高校の卒業式に一本のシャープペンシルを学校からもらった。

「BOXY」という名前がボディに記されたそのシャーペンは、不思議なほど私の指によく馴染《なじ》んだ。浪人生として過ごした一年間、模試で数学の問題が解けず、焦って手のひらにどっと汗が滲《にじ》み出すようなときも、しっかりと指の間で書き出すときを待ってくれた。

私にとって、受験の嵐をともにくぐり抜けたBOXYはまさしく戦友だった。大学入学後も、海外に旅行しては旅日記をしたため、学科試験に挑んでは論文問題に空論を書き連ね、常に私の傍らで、不確かな考えを書き写す手助けをしてくれた。

そんな大切なシャーペンを、私はある日突然失う。

大学四回生まで使い続けていたにもかかわらず、うっかり学生食堂に置き忘れてしまったのだ。

私の喪失感は深く、その後、後継者を探してさまざまなシャーペンを試すも、決して満足を得ることはなかった。いつしか、私はシャーペンに対するこだわりを失い、どうせ何を手にしても同じだと、官公庁のロゴが入った安物を、大学卒業後、会社員生活が始まってからも適当に使い続けた。

時は経ち、ＢＯＸＹを失って、ちょうど十年目のことだった。

小説家となっておよそ一年が過ぎ、私は結婚し所帯を持った。新居を借り、家具を並べ、食器を揃《そろ》え、ようやく家のなかが落ち着いてきたある日、私は仕事用の机に座り、パソコンの電源を入れようと手を伸ばした。

そのとき、私の腕の動きが止まった。

なぜかパソコンの隣に、あの「ＢＯＸＹ」が置いてあった。

固唾《かたず》を呑《の》んで、私はそれを手に取った。懐かしい感触に、すぐさまむかしの記憶が蘇った。その心地よい軽さを確かめ、四本のゴムリングが並ぶ滑り止めを何度も指で押さえつけた。あちこちのコーティングがはげ、一見して使いこまれているものと知れた。ひょっとして私は、これを失っておらず、ずっと身近に置き続けていたのではないか、と錯覚するほど、かつて使っていたものとうり二つだった。

ふるえる心を抑え、このシャーペンは？　と妻に訊ねた。「高校の頃に、書きやすいから、とお父さんからもらって使っていたのを、実家から持ってきた」と妻は答えた。

あまりに数奇なめぐり合わせに、私はしばし呆然《ぼうぜん》とした。ひょっとして、こうしてふたたび出逢《であ》うため、妻と結婚したのではないか、とさえ一瞬勘繰った。

奇跡のたぐいは、いっさい信じない。

ただし、この一件については限定解除もあり得ると考えつつ、今日も私は原稿のチェックにBOXYを使っている。

今月の渡辺篤史

7 篤史たること

さてさて、今回は『渡辺篤史の建もの探訪』の不動のホスト、篤史その人にスポットライトを当ててみたい。

『建もの』愛好家として知られる、かのダウンタウン松本《まつもと》人志《ひとし》は、常々、番組を観て、

「どうして毎回、こうも見事に晴れているのか？」

という疑問を抱いていたという。確かに、番組内では青い空に建物がくっきり映《は》える絵をよく目にする。いったい晴れた日に限ってロケに出ているのだろうか？『建もの探訪』スタッ

フとたまさか会うことがあった際、松本人志は思いきって質問をぶつけてみた。するとスタッフはこう答えたという。

「渡辺さんが、行くからです」

私のなかに「篤史晴れ」という新たな気象用語が誕生した瞬間である。

番組内で篤史はしきりに冗談を言う。土管を切り取って造った棚に「土管がこうドカンとね」。窓から望む箱根の山に「山のちょうど頂《いただき》ですね。いいところいただいてますね」。金魚を見たら、「照れて赤くなってるね」。窓際のすだれを弾く真似とともに「『ビルマの竪琴《たてごと》』じゃないけれど」と昭和世代限定ギャグ。あまりの唐突さに、背後に立つ素人《しろうと》のご夫妻がまったく反応できずとも、何事もなく次の部屋に進むところが、どこまでもすがすがしい。

篤史の本業は俳優だというが（先ほどの映画『ビルマの竪琴』にも出演している）、残念ながら篤史の演じる様を観たことはない。私がテレビ画面の中に『建もの』以外の篤史を観たのは、佐藤浩市《さとうこういち》といっしょに出ていたビールのCMと、『情報ライブ　ミヤネ屋』のコメンテーターでゲスト出演したときぐらいである。あとはドキュメントやCMのナレーションだろうか。ちなみに、大泉洋《おおいずみよう》による「小林製薬の糸ようじ」の篤史モノマネは傑作である。

かように振り返ると、篤史とは不思議な人物である。どうにも捉えどころがない。毎週欠かさず観ているのに、その実、私は篤史のことをほとんど知らない。『情報ライブミヤネ屋』で、スタジオでの試食感想時「うん、ウマい」としか言わず、宮根アナに「もう少し何か言ってくださいよ」と、コメンテーターとしてあるまじき催促を受けていたことは忘れた。異常気象のあおりを受け、この夏の放送は、ほぼ二回に一回が雨の収録だったことも、うやむやに付す。

知りたくもない芸能人の私生活情報を嫌でも吹きこまれる昨今、篤史は極めて異色な存在と言えよう。ひょっとして篤史、高倉健《たかくらけん》に次ぐ、芸能界最後の秘境か。違うか。

今月の渡辺篤史 8

たかがイス、されどイス

十八十色とはよく言うけれど、『渡辺篤史の建もの探訪』を毎週視聴してはじめて知った、よそ様の趣味嗜好《しこう》の一つに、「デザイナーズ・チェアを愛《め》でる」というものがある。

最初は単におもしろがっていただけだった。

「俺はだいたい、異常にイスが好きだからね」と番組内でも公言して憚《はばか》らない篤史が、リビングに置かれたソファまたはイスに腰かけ、恍《こう》惚《こつ》の表情でコメントを放つ光景が何だか味わい深く、そのショットを楽しんでいただけだった。

しかし、番組を観続けるうちに、イスについての説明シーンで、やけに似た名前ばかり出てくることに気づき始める。どうも、イスのデザイン界には巨匠が存在し、みんながその人がデザインしたものが大好きらしい、ということが薄々知れてくる。

まず、「イームズ」である。次いで「ル・コルビュジエ」である。ともに建築家であり、家具のデザインも手がけたこのふたりが、とにかく圧倒的な人気を誇っている。もしも、合コンの席で、うっかりデザイン家具の話題など振られてしまったときは、「オレ？ 基本はイームズ」とでも返しておけば、ほぼ間違いない。

番組内で「なるほど、そしてここにイームズですね」などと篤史に紹介される、これらのデザイナーズ・チェアは、単なる家具ではない。「作品」である。はじめは、ただの日用品が「作品」扱いされることに違和感を覚えたが、最近は、

「あと一畳、部屋が大きかったら、コルビュジエのサイコロみたいな一人がけ買うのになあ」

などと完全に感化されつつある。かようにデザイナーズ・チェアの魔力は、まことおそろしい。ちなみに、意匠権の期限が切れたおかげで、誰でも巨匠のデザイン家具を生産できるようになり、結構、お値打ち価格でこれらの「作品」を家で楽しむことができる。いいご時世である。

それにしても篤史、毎週あまたのイスに腰を下ろし、ソファに身体《からだ》を沈めているが、

番組でいったいどれだけの「腰かけ」経験をしてきたのだろう？　イスに座ったクールな男といえば、私は一にも二にも白洲《しらす》次郎《じろう》の有名なジーンズ姿の写真を思い起こすが、篤史だって負けていない。

そこで篤史、たまにはジーンズでお宅紹介はどうだろう？

ジーンズでイスに腰かけ、「いいねえ～」とご満悦の表情でつぶやくのはどうだろう？

そして、来年のベストジーニスト賞を本気で狙いにいくってのはどうだろう？

今月の渡辺篤史

9 こだわり問答

人間、年を取れば取るほど、あちこち角が立ち、好きなものより、嫌いなものが増えていく。

それだけに、流行に左右されず、「これが好き！」と中長期間にわたり、ブレない嗜好を維持できる人は案外少ない。なぜなら、好きなものを見つけることは、嫌いなものを見つけるより何倍も難しいことだからだ。人はときにそれを「こだわり」と呼ぶが、あっさりとした語感とはうらはらに、その根本はなかなかもってこってりと、かつ奥深い。

さて、『渡辺篤史の建もの探訪』で紹介されるのは、まさしくこの「こだわり」が凝縮したおしゃれな注文住宅なわけであるが、そこへ紹介者としての篤史の「こだわり」が重なり合って生まれるハーモニーこそが、この番組の大きな魅力の一つであることは、もはや言うまでもない。

ここで篤史が見せるこだわりには、二種類ある。すなわち、「積極的こだわり」と「消極的こだわり」である。たとえば、床の建材や壁材の種類、キッチンまわりの工夫などへの関心は、どの家でも最低限伝えるべき、消極的こだわりに分類されるだろう。それに対し、篤史が俄然《がぜん》、目を輝かせ、コメント量も一気に増加する対象は、積極的こだわりとして区分できそうだ。

たとえば篤史、家の内装に船舶窓や船舶照明が使われていると、俄《にわか》にゴキゲンになる。船舶塗装に使われるというFRP樹脂が壁材に用いられるときも、好反応を示す。船舶窓は真鍮《しんちゅう》製が大好きなのだという。なるほど、こだわりである。

次に、大開口である。これは、壁一面が開閉可能な窓になっているときなどに登場するフレーズだ。

「ご覧ください、水平線を一望できる見事なダィカイコゥ」

とナレーションでも子音にやたら力が入るところに、ワンランク上の熱を感じざるを得ない。

さらには、アールである。柱という直線の組み合わせで構築される以上、家のなかに

「曲線」というものは意外に少ない。そこに曲線を存分にアピールした階段が登場すると、手すりをさすり「このアールがねえ」と篤史はしみじみご満悦の表情だ。実は、私はこのアールの意味を未だ正確に理解していないが、それでも篤史がよろこんでいると、こちらも何だかうれしい。陽気なこだわりは人に伝播《でんぱ》する。

こだわりとはいわば、その人の文化そのものである。こだわりをこだわりで掘り下げるという行為は、実は相手への最高の敬意の表し方ではないか、などとふと思う——たとえば、このエッセイのように。あ、言っちゃった。

第4章

世界のことば

世界中でこんな話をしてきた。

たとえば、アメリカ。

「大阪の人口ってどのくらいなんだい？」

と訊《たず》ねられ、「ミリオン」は「一万」のことだと思っていた高校二年生の私は、

「二百万人だから、200ミリオン！」

と明答した。すなわちそれは、二億人という意味なのだが、ホームステイ先のホストファミリーのお父さんは、

「へえ、大阪はスゴい街だなあ！」

と素直に感心していた。

今でもこのお父さんの頭の中で、世界の人口の三十人に一人は、大阪に住んでいることになっていると思う。

たとえば、ポルトガル。

列車のコンパートメントで「俺は芸術家だ」と自称するアメリカ人と隣り合わせになった。

「俺は日本のミュージシャンを愛している。何といっても、坂本龍一《さかもとりゅういち》は最高だ。コマツの重機も最高だ。トヨタ・マツダ・ニッサン——日本のものは、どれも最高だ」

何だかうれしくなったので、私はアメリカ人のなかでもっとも好きな人物の名前をお返しに伝えた。

「ビリー・ジョエル？　オオウ、あいつはクソだぜ」

それっきり目的地まで二度と、隣とは口を利かなかった。

たとえば、フランス。

モン・サン・ミシェルの入り口前のバス停で、

「次のバスは何時ですか？」

と係員に英語で訊ねた。

バス会社の制服を着た小男のおやじは、的確に質問の内容を把握しながら、すべてフランス語で回答してきた。もちろん、ひと言だってわからない。嫌な国だ、と思いながら、お礼を述べた。

「はいはい、どうも。でもねアナタ、オシャレよりも、もてなしの心のほうが、わたしゃ大事だと思いますよ、フン！」

たとえば、日光《にっこう》。

薄暗い土産物屋《みやげものや》に入って、浮世絵のレプリカを物色していたら、奥からばあさまがやってきて、

「ディス・イズ・ジャパニーズ・ウッドカット――」

と説明を始めた。

振り返るも、店内には私ひとりしかいない。どこをどう見間違えたか、私を外国人観光客と認識してしまったらしい。

困ったな、と思いながら、ばあさまの説明を聞いた。たまに「Oh」とか相づちを挟んでみた。「ばぁい」と手を振り店を出た。なぜか外国土産の気分で、広重《ひろしげ》を一枚買っていた。

最後に、イタリア。

ある料理屋で、女主人ができたてのスパゲティをテーブルに置き、こう言った。

「パスタは一秒過ぎれば、一秒ぶんマズくなります。だから、すぐに食べましょう」

永遠の真実だと思う。

万太郎がゆく、

北京オリンピック観戦記

万太郎のもっとも古いオリンピックの記憶は、小学三年の日曜の朝、親が起きてくる前にテレビで観たロサンゼルス・オリンピック開会式まで遡《さかのぼ》る。

ジョン・ウィリアムズ作曲のファンファーレはどこまでもかっこよく、ロスの青い空から、今思うと何の役目だったのか、ロケットマンが飛んできた。それまでも、どこかで聞き覚えはあったのかもしれないが、いきなり目の前に現れた「オリンピック」というものの華々しさに、おさなき万太郎は度肝を抜かれた。

以来、オリンピックという存在に、無条件の憧憬《しょうけい》を抱き続けたまま、万太郎は大きくなった。それゆえに、

「北京オリンピックの観戦記を書かないか」

という依頼が舞いこんだときも、万太郎は考える間もなく「行きます」と即答した。

一生、オリンピックを生で観る機会などあるまい、と思いこんでいただけに、小説家に

なってよかった、と心の底から思った。

用意された観戦チケットは七枚、スケジュールは五泊六日。これはなかなかハードな旅になりそうだ、と大気汚染や治安のことでかなりナーバスになっている世間の雰囲気をよそに、万太郎はオリンピックへと旅立った。

＊

北京オリンピックというくらいだから、一路北京を目指すかと思いきや、万太郎がまず向かったのは、中国東北部に位置する瀋陽という街だった。

瀋陽と聞いても、万太郎はまったくピンと来ない。昔の名前が奉天《ほうてん》だと聞いて、少しだけ「ああ」と思う。しかし、そんな場所でも人口約七百五十万を超えるというから、中国とは途方もない国である。

瀋陽に到着し、さっそく街に繰り出すも、オリンピックムードはほとんど感じられない。せいぜい、空き地や公園のフェンスに「北京奥运」と記され、五輪マスコットキャラクターがバスの側面に描かれているくらいである。タクシーや屋台から、ラジオの実況が聞こえてくるでもなく、街頭テレビがあるでもない。街はとにかくやかましいが、別に日頃からやかましい様子である。

こんな土地で、万太郎はサッカー男子の一次リーグ第三戦、日本対オランダを観戦した。

　試合までの時間、万太郎は市内観光も兼ね、九・一八歴史博物館にふらりと立ち寄った。満州事変《まんしゆうじへん》勃発の引き金となった柳条湖事件《りゆうじようこ》の現場に近いその博物館は、全館やけに照明が暗かった。おどろおどろしい音楽が始終流れ、満州事変から日中戦争を経て、日本兵が行ったとされる残虐行為の数々が展示されていた。

　父親に連れられた小さな子どもが、中国兵の生首があぜ道に並ぶ白黒写真を無邪気に指差していた。きれいな女学生がやけにリアルな蠟人形《ろうにんぎよう》で再現された、七三一部隊の生体実験ジオラマを細い眉をひそめ見つめていた。それらのあまりの雰囲気の重さに、万太郎は「これは日本人とバレたらマズいぞ」と戦々恐々として足早に順路をたどった。おそらく、瀋陽の学生は全員が授業の一環として、この博物館を見学することだろう。市民の多くも訪れたことがあるに違いない。そんな人々が集うスタジアムの風景を想像すると、自業自得の結果とはいえ、万太郎は見えないおもりを背中にくくりつけられたような気持ちになった。万太郎はほとんど逃げるようにして博物館を退散した。

　次に万太郎は清王朝の開祖ヌルハチの陵墓を見学した。うって変わってのんびりした公園を、万太郎はぷらぷら歩いた。池のほとりで二胡《にこ》をちいこちいこ奏でる一団がいる。蟬《せみ》はぢいぢい鳴いている。なぜか後ろ向きに歩き続けるおじさんがいる。綿毛がふんわり青い空を渡っていく。シャツをめくり、丸いお腹《なか》をぽっこり出して歩くお父さんがやけに目につく。何だか気持ちよさそうなので、万太郎も真似《まね》して、白っちい腹を出して歩いてみた。なるほどひんやり涼しいが、いかんせん恥ずかしい。早々に腹をしまい、万太郎はスタジアムに向かった。

中国人が充満した、案の定、誰も応援してくれないスタジアムでサッカー日本代表はオランダ代表と対戦した。途中までそれなりに互角にやっていたが、オランダに一点取られたらもう駄目だった。アメリカ、ナイジェリアの前に屈した、それまでの二試合と同じく、終了の笛が吹かれるまで、ただ漫然と時間が流れるばかりだった。この代表は一度殴られたら、殴り返すことができないチームだった。PKにつながったファウルシーンは、おそろしく審判の目につきやすい角度で白々と展開された。オランダのPKが決まった瞬間、まわりの中国人たちは手を叩《たた》き大喜びしていた。万太郎はどこまでも醒《さ》めた気持ちでそれらを見つめた。

日本が何をやってもブーイング、あるいは黙殺と、試合中たいそう冷たかった中国人が、試合後、あいさつにやってきた日本代表を温かい拍手で迎えてくれたのは意外だった。確かに瀋陽のスタジアムの中国人は、老いも若きも日本が大嫌いな様子だったが（若い人ほどブーイングの声が大きいのが、問題の根深さを物語っていた）、それは一方でどこまでも無邪気なものに感じられた。無邪気ならいいというものでもないが、万太郎には、日本の扱いはどこかプロレスのヒールにも似た、

「まあ、ここはみんなで悪い奴《やつ》らということにしておこうぜ」

といった案外単純な位置づけのなかにあるように思えた。

「これがオリンピックなのか？」

これまでテレビで観てきた、にぎやかで牧歌的なオリンピックのイメージを思い返し、万太郎は自問した。

「ちがうだろ」

心の声はシンプルに回答した。

＊

翌日、万太郎は瀋陽から北京に飛んだ。

空港からタクシーに乗り、道幅の広い高速道路を市内に向かった。窓からの風が気持ちよかと思っていたら、何だかのどのあたりがチリチリしてくる。あれ、これって？と思い始めたとき、タクシーの運転手が窓を閉めろと言ってきた。フロントガラスの先をのぞくと、靄《もや》に包まれた北京市街が姿を現そうとしていた。

もっとも姿を現したといっても、靄に覆われているのだから実際は見えていない。視界は一キロあるかないか。さながら、曇りの富士山五合目の様相である。巨大なテレビ塔が間近になってようやくおぼろに出現する。全方位に渡り連なっているはずの高層ビルはまるで見えず、千五百万人都市の迫力はいっさい伝わってこない。

これではマラソン選手も嫌がるはずだ、と思いながら、ホテルに到着すると、フロントのお姉さんに笑顔で応援グッズを渡された。部屋に入って開けると、中国国旗に赤い中国国土がプリントされたTシャツ、ハートを象《かたど》った中国国旗シール――魅惑の赤づくしだった。「熱いですなあ」と苦笑して、万太郎はテレビをつけた。ちょうどCMの最中で、百十メートルハードルの英雄劉翔《りゅうしょう》が、意外と上手な小芝居を披露して、さわやかに笑っていた。

万太郎の北京初日の観戦予定は、野球の一次リーグ第二戦、日本対台湾である。試合はナイターゆえ、それまでの時間を使って、万太郎は万里の長城に繰り出した。

車で二時間揺られ、北京郊外の山上にある長城を目指した。緑豊かな田舎《いなか》の風景を心穏やかに眺めていると、急に雨が降り始めた。長城に到着したときには、嵐になっていた。雨が石畳を叩き、雷があちこち鳴り響き、ロープウェーは停止している。だが、ここで長城の影も見ずして帰るのは男がすたる。万太郎は意を決して、徒歩で雷鳴轟《とどろ》く長城を目指すことにした。

石段を上り始めた途端、担架にのせられた外国人男性が、延々と続く石段の上から運ばれてきた。どうやら落雷にやられたらしい。万太郎は生まれてはじめて、鼻から血を垂らし、意識を失っている人の姿を目《ま》の当たりにした。万太郎は蒼白《そうはく》になりながら、改

めて「命か、長城か」という選択を迫られることになった。どう考えても引き返すべき状況と思われたが、

「次、いつ来られるかわからないから」

という持ち前の貧乏性がいかんなく発揮され、万太郎はずぶ濡《ぬ》れになってでも長城を目指すことを決断した。雷が真横でばきばき鳴っていた。半分、命をあきらめた。長城に到達するや大急ぎで写真を撮り、脱兎《だっと》の如《ごと》く下山した。

北京に帰ってくると、市内もまた雨である。長城でずぶ濡れになったTシャツを、ようやくホテルで着替えた。せっかくなので、フロントでいただいた中国Tシャツを着たら、ホテルの廊下を歩く人、エレベーターに乗り合わせた人にさっそく話しかけられた。これはおもしろいと、外に出て髪型をぴっちり横分けにしてみたら、タクシーが横に止まり、わざわざ運転手が道を訊ねてきた。「そこを曲がって、ずーっとまっすぐじゃない?」と適当に指差したら、「しぇしぇ」とつぶやき、タクシーは勢いよく走り去っていった。

夕刻、スタジアムに到着した万太郎は、一塁側内野スタンドに陣取り、黄色のシャツを着た大勢の中国人小学生に囲まれ、日本対台湾戦に挑んだ。引率の先生が「つぉんぐぉ(中国)」と叫ぶと、「ちゃーよお(加油)」と生徒全員がコールする。盛大なのは結構だが、中国チームの試合ではないので、非常に違和感がある。それでも、試合とはま

ったく関係のない応援が飽きることなく、スタンドのあちこちで繰り広げられている。「つぉんぐぉ」と音頭を取って叫ぶ大人はたいてい自分に酔っていた。「ちゃーよお」と無邪気に唱和する子どもたちは、間違いなく野球のルールを知らなかった。子どもたちがいちばん喜ぶのは、ファウルボールがスタンドに飛びこむときだった。上品な格好をした保護者のお母さま方が、難しい表情で野球のルールを記したパンフレットを読んでいる姿は、どうにも滑稽だった。

中国の人々は当然、同胞台湾の応援をするので、サッカーに続き日本の応援はどこまでもさびしい。ただ、瀋陽とは違い、ブーイングは決して起こらない。「JAPAN」の紺色のユニフォームを身に纏《まと》う人数は絶対的に少ないが、それでも席を移動して一カ所に集まり、何とか日本の応援を繰り広げている。笛が頼りなくぴいぴい鳴り、嗄《か》れた声が響く風景は、万太郎にどこか在《あ》りし日の藤井寺《ふじいでら》球場を彷彿《ほうふつ》とさせた。

されど、この人数的に明らかに劣勢の日本人応援団が、徐々に周囲の中国人を黙らせ始めるのである。

試合は拮抗《きっこう》した投手戦である。そこへ、

「慎之助《しんのすけ》、ほりこんだれーッ」

「涌井《わくい》、ここは耐えるところやどーッ」

「新井《あらい》、男見せんかーいッ」

とダミ声の応援が客席のあちこちから単発で飛んでくる。なぜかどれも、極めて関西弁である。その都度、子どもたちがびっくりした顔で振り返る。おそらく、人生始まって以来の異文化コミュニケーションの瞬間だったろう。もう少し、上品なものと触れさせてあげたかった気もするが、この「おっさん」色こそが日本野球の真髄である。そもそも、野球のルールも知らない人間が、内野席の半分を埋めているのが間違っている。無関心な観客は、関心のある観客に勝てない。子どもたちの場違いなれど健気な「ちゃーよお」応援が、試合が白熱するにつれ勢いを失い、ついには本場の「おっさん」応援の前に、完全な沈黙を強いられる様を、万太郎は少々気の毒な気持ちとともに見守った。しかし、こっちはやるかやられるかの真剣勝負だ。親善試合ではないのである。

子どもたちは午後九時を過ぎたら、先生に引率され、雪崩《なだれ》を打って帰っていった。「もう少し続きが見たいのに」と後ろ髪を引かれている様子の子どもはひとりもいなかった。急に閑散とした内野席に、笛と声援が響く。青の外野フェンスを向こうにして繰り広げられる応援風景に、ここは神宮球場一塁側スタンドかとつい錯覚してしまいそうになる。そこへ元ヤクルトの稲葉《いなば》がかっ飛ばす。見事な守りのファインプレーを見せる。いよいよかつての神宮球場である。

試合は九回に、それまでのストレスを一気に取っ払う四点奪取で、6－1で台湾に快勝。一方で、国を代表する先発ピッチャー（特に左投げ）を攻略する難しさを、まざまざと思い知らされる一戦だった。

スタジアムからの帰り、万太郎は空を見上げた。

試合前に派手にひと雨降らせた雨雲が去り、何と北京の空に星が瞬《またた》いていた。

＊

翌日も北京の空は抜けるように青かった。

昨夜の野球を、万太郎は確かに腹の底から堪能した。勝利の味は実に小気味よく、早くも「あの快感をふたたび味わいたい」という気持ちを万太郎に抱かせた。ただ一方で、「これがオリンピックか？」という違和感を最後まで拭えなかったのも事実である。少数の日本・台湾の応援団と、大勢の野球を知らぬ中国人——どうにも「世界」を感じられない構成だったからだ。

しかし、その釈然とせぬ思いは、北京科技大学体育館にて観戦した柔道にて、完全に払拭される。

そこには「世界」があった。

参加国の人々が集い、それぞれの応援に励んでいた。ふと座席から横に視線を向けると、その名のとおり「世界の山下《やました》」こと山下泰裕《やすひろ》氏が座っていた。かつて対戦したことがあるのだろうか、体格のいい白人の老人が懐かしそうな笑みを浮かべ、山下氏に握手を求めている。その後ろでは、山下氏の存在など何も知らぬフランス人の一団が、きゃあきゃあ歓声を上げて応援している。モンゴル人が大きな国旗を振る。男性はみんな朝《あさ》青龍《しょうりゅう》のような顔をしている。女性もちょっと似ている。ドイツ人が声を揃《そろ》え、整ったエールを送る。オランダ人はオレンジのシャツを揃いで着ているのに、誰も声を出して応援しない。十人十色、それぞれの「世界」がある。

試合場にはコートが二つ並んで配置されている。そこへ続々と選手が上がっては、勝敗を決めていく。まさに勝負の流れ作業である。テレビでは、カメラに切り取られた限定された平面しか見ることができないが、実際の試合場は当然開放された空間のなかにある。リプレイもなければ、表情のアップもない。小さな背中が、ひたすら組み合い、次から次へスケジュールを消化していく。ともすれば注意力が散漫になってしまうが、日本の選手が登場すると、そこに見えぬ引力が発生する。しかも、日本の選手の勝ち方はとてもわかりやすい。相手の身体が跳ねるように宙を舞い、一本が決まる。こちらの意識もパッと覚醒《かくせい》する。石井慧《いしいさとし》選手、塚田真希《つかだまき》選手がともにすべて一本勝ちで準決勝に駒を進めたのを見届け、万太郎はしみじみつぶやいた。

「日本の柔道は世界の潮流から外れ始めているらしい。それだけ〝Ｊｕｄｏ〟が世界のスポーツになったということだろうが、この鮮やかな一本勝ちがその魅力の根本にあるのは明らかじゃないか。この美しさを捨てることは間違っている。断じて間違っている。

でも、それでは世界で勝てないという。何と悲しい、しょっぱい現実だろう。それだけに全部一本勝ちした石井選手、塚田選手はえらい。ちなみに私は塚田選手のくちゃっとした笑顔が大好きだ！」

＊

夜、万太郎は「鳥の巣」こと北京国家体育場にて陸上競技を観戦した。

そこにはさらなる「世界」があった。

聖火がちぎれるように大きな炎を風に躍らせる下で、世界中の人間が汗をかき、筋肉を緊張させ、地面を蹴り、ハードルを越え、円盤を投擲《とうてき》し、ホップ・ステップ・ジャンプしていた。巨漢、長身、痩身、超人、俊敏、根性、怪力、歓喜、悔悟、失意、克己——ありとあらゆる人間の属性がグラウンドで光を放っていた。まさに壮大なお祭りだった。

お目当ての百メートル予選は、はるか彼方《かなた》、米粒のような選手がたかたか走っているのが見えるだけだった。あまりに遠くて誰が一位なのかもよくわからない。しかも、あのウサイン・ボルトを、水を買いに行っている間にあっさり見逃してしまったことは、万太郎最大の痛恨事であった。

陸上は、その漫然とした雰囲気が、どことなく万太郎に夏の花火大会を連想させた。

会場のあちこちで並行して実施されている競技をぼんやり眺める。少し眠たくなってくる。大きな歓声が沸き上がると、反射的にそちらに視線を向ける。だが、何が注目の対象なのかわからない。ときどきウェーブがやってきて、ちょっとだけ腰を上げて参加する。為末大《ためすえだい》選手の四百メートルハードルの結果を確かめ、万太郎はスタジアムをあとにした。至近から臨むと、とてつもなく頑丈な鉄骨で編まれた「鳥の巣」を見上げ、万太郎は「こんな大きなものを造ってしまって、これからどう維持するのだろう?」と素直に心配した。

まあ、余計なお世話であるが。

＊

観戦最終日、万太郎はホテル横の朝がゆ屋で朝食をとった。

隣のテーブルを見たら、おばちゃんがかゆに加え、肉まんにチヂミのようなもの、加えてデザートにスイカを一人で平らげていた。その食欲に驚きながら、万太郎はピータンがゆをちびちびすすったのち、「水立方」すなわち競泳会場に向かった。

すでに予選を終え、スケジュールは各種目の決勝を残すのみである。中村礼子《なかむられいこ》選手が二百メートル背泳ぎで銅メダルを獲った。メダルがすべてじゃない、という主張はまったく正しいと思うが、一方、目の前で日本選手がメダルを獲得したとき、一気に隆起することの歓喜の気持ちもまた正しい。表彰台の中村選手は遠目にも、金・銀の二選手に比べ、ずいぶん小さかった。それだけになおさら立派だった。

会場がいちばん盛り上がったのは、マイケル・フェルプスが登場したときである。男子百メートルバタフライに挑むフェルプス。これを獲ったら七冠目だ。されどフェルプス、スタート直後から隣のレーンの選手に負けていた。五十メートル折り返しでもまだ負けている。残り一メートルという位置でも、僅差ながら負けている。

「ああ、負けちゃった」

ゴールの瞬間を真横の位置から見届け、万太郎は思わずつぶやいた。

ところが、電光掲示板を見ると、フェルプスが優勝していた。

わずか〇・〇一秒、フェルプスのタッチが早かったのである。

「きっと魔法を使ったにちがいない」

そう万太郎が本気で考えたほど、手品めいた劇的な怪物フェルプス七冠達成の瞬間だった。

この日、万太郎は日本人選手が金・銀・銅、三つのメダルを手にする現場に、幸いにして居合わせることができた。

残りの二つは女子レスリング、伊調《いちょう》千春《ちはる》選手と吉田沙保里《よしださおり》選手である。

中国農業大学体育館にて、吉田選手は中国の許莉《シュリ》選手と決勝でぶつかった。地元の選手だけに、声援がものすごい。まさに建物が揺れるというやつである。されど日本の応援も負けていない。日中の応援が嵐となって吹き荒れるなか、吉田選手と許莉選手は組み合った。そのとき、何であろう、万太郎は異様に静かなものを見た気がした。

それは吉田選手の雰囲気である。足は頻繁にステップを踏み、背中の筋肉は隆起し、先手を取るための腕の動きは目まぐるしい。されど、水紋ひとつ浮かばぬ湖面のように吉田選手が静かなのである。きっと吉田選手の耳には、この大声援も何も聞こえていないのではないか、と万太郎は思った。ついでに、会場すべてを吉田選手が取りこんでしまったかのような不思議な感覚を得た。

その感覚は、瀋陽のスタジアムでも一瞬、万太郎がサッカー日本代表に対し味わったものだった。すなわち、それは試合が行われる空間と時間をコントロールしていることだと万太郎は推論する。されど、瀋陽では自らのミスで、その状態を放棄してしまった。PKを決められたのち、一度失われたその流れは、二度と戻ってこなかった。

吉田沙保里はちがった。

その感覚を万太郎が得た二分後、見事なフォールで二度目の五輪を制した。

＊

表彰式にはいずれの競技も、実に見目麗しい中国の美女が表彰台の脇に整列する。

みな、百七十五センチを超える長身をあますことなく披露し、姿勢正しくすらりと脚を揃える。少しだけ歯を見せ、常に完璧な笑みを浮かべている。

しかし、それらの美女たちよりも、表彰台に上がった選手たちのほうが、はるかに美しいことを万太郎は知った。

声援にがんばって笑みを返すも、未だ呆然《ぼうぜん》としたところが抜けない伊調千春選手、伊調選手を破ったことが未だ信じられない様子の、泣き腫らした目のカナダ人選手、伊調選手と同じく会場の声援に泣き笑いを見せる許莉選手、最後を勝利で締めくくった銅メダルの選手たちは、どれも底抜けに明るい笑顔だ、そして最後に泣いている吉田選手――みんなすっぴんで、身体もごつい。でも、ドレスを着た美女たちより、よっぽど美しかった。比べものにならぬほど素敵だった。

「これがオリンピックなのか？」

日の丸がゆっくり揚がっていくのを見上げ、万太郎は自問した。

「どこからどう見ても、オリンピックだろ」

少しグズついた声で、万太郎の心はきっぱり回答した。

万太郎がゆく、

アーセナル観戦記

万太郎がイングランドにサッカーを観に行くことが決まったとき、友人のひとりは、

「むかしから、似非《えせ》サッカーファンとは思っていたが、こういう展開になるとちょっとおもしろいな」

と言ってニヤニヤ笑った。

万太郎もだいたい、その友人と同じような心境である。

万太郎はアーセナルの監督である、アーセン・ベンゲルをとても尊敬している。万太郎が小説家になれたのは、ベンゲルという存在のおかげ——というのは、さすがに言いすぎだが、ベンゲルの教えが小説を書くうえで役に立っていることは、間違いない。

たとえば、ベンゲルの練習法の一つに、ラダー（はしご）・トレーニングというものがある。

芝の上にはしごを倒す。芝に現れたマス目の上を、小まめにステップを踏みながら、

はしごを駆け抜ける。

大勢の敵に囲まれたとき、ドリブルのうまい選手ほど、ボールへのタッチ数が増える。相手のプレスに動揺せず、足を動かし続け、状況を打開する選択肢の発見をあきらめない。そのために必要な短い間隔のステップを、足に直接覚えこませるのが、このトレーニングの目的である。

ベンゲルのサッカーは、とにかくテンポがいい。

万太郎も同じく、テンポがよい文章を書きたいとつねづね考えている。上手な文章というのは、流麗な文体で、難しい漢字をふんだんに盛りこみ、かつ長い構成を持つもの――では決してない。上手な文章とは、読みやすい文章である。試しに夏目漱石《なつめそうせき》の本をめくってみる。「小難しい」というイメージとは裏腹に、日本一の文豪の文章は極めて簡素だ。一文一文が短く、すぐ「。」が来る。ゆえに、非常に読みやすい。複雑な内容を伝えるために必要なのは、難解な長文ではなく、簡単な文章を粘り強く重ねていくことだ。難しい内容を難しい文章で表現したって、誰も理解できやしない。

そこで万太郎は、執筆の前に、テンポのよい小説を読む。短い文章で構成された良質な小説を読み、そのリズムを身体に覚えさせる。そのあと、パソコンに向かうと、短いリズムが自分の文章として立ち昇ってくる。難しい内容にさしかかると、ついつい長い文章が顔を出す悪癖を抑えられる。

相手のプレスをひと蹴りでかいくぐろうとするより、細かいステップを続け、辛抱強く状況を打開する――ベンゲルに倣《なら》い採用したこのやり方を、万太郎は「執筆におけるラダー・トレーニング」と命名している。

＊

十一月のロンドンはすっかり肌寒い。

万太郎は寒いところが苦手なので、日本でいう二月の装備を引っさげ、ロンドンに乗りこんだ。ロンドンの気温は最高で摂氏十度くらい。ダウンを着ると、ちょうどいい。霧のヒースロー空港から中心部へ、街路樹はすっかり色づき、すでに落葉が始まっていた。

試合前日、万太郎はスタジアム・ツアーを敢行した。向かうはもちろん、アーセナルの本拠地、エミレーツ・スタジアムである。

地下鉄アーセナル駅で降り、歩くこと十分。出来たてほやほやのエミレーツ・スタジアムが現れる。シャープな外観の壁に掲げられた、大砲のエンブレムが薫《かお》り高すぎて、つい頬がゆるむ。

ツアーには四十人近くが参加して、なかなかの盛況である。朗々と声を響かせる案内のおじさんについて、貴賓席から始まり、選手たちの到着ゲート、ロッカールーム、グラウンド、会見場、記者ルーム、と盛りだくさんの内容でツアーは進む。新築の建物は、どこも清潔で非常に居心地がよい。エレベーターの床、壁、ソファ、クッション――いたるところにアーセナルのエンブレムが輝いているのが、これまたすばらしい。

選手のユニフォームがそれぞれのボックスにかけられたロッカールームで、案内のおじさんが、

「ここはベンゲルが、日本で働いたとき（九五～九六年に名古屋グランパスを指揮）に学んだ風水に基づいて自ら設計したものです」

と紹介していた。馬蹄形《ばていけい》の間取りの部屋には角がない。どこに座っても、正面のホワイトボード前に立つベンゲルに視線が向くようにできている。一方、案内されなかったが、アウェイのロッカールームは、四角張っていて面積も狭いらしい。これもわざとベンゲルがそう設計したのだという。しれっと意地悪なことをする男だと万太郎は思った。だが、そこが人間くさくていい、とも思った。きっと、日本の風水がどうのというのはベンゲルの嘘《うそ》だろう。ここに運が溜《た》まっていると選手・スタッフに思いこませるための暗示のひとつではないかと万太郎は裏読みしたが、もちろん真相はわからない。

ツアー終了後、スタジアム一階部分に設けられたアーセナル・ショップにて、万太郎は円高の追い風を受け、九〇年代の栄光よふたたびとばかりに、グッズを買いあさった。広大な店内には、ユニフォーム以外にも、幼児から大人までの服、ネクタイ、時計、財

布、お菓子、マグカップ、パンツ、靴下、モノポリー（アーセナル仕様）、何でもござれだった。およそ十年、ゆるゆるとアーセナルを応援し続けていた万太郎だが、ユニフォームを未だ持っていなかった。そこで四十ポンド（一ポンド約百七十円）で一着買った。ネームと番号は別料金なのだが、どうしても無敗優勝を成し遂げた、〇三ー〇四シーズンのドリームメンバーが忘れられず、今の若きメンバーのなかにこれといった人物を見つけられない。

中心人物ならビエラの番号4を継いだセスク、今後の期待の星はアンリの14を継いだウォルコットだろうが、今一歩プッシュが足りない。結局、しこたまグッズを買うも、ユニフォームには名前を入れず、ショップをあとにした。

しかし、二十四時間後にピッチで起きた結果を知っていたなら、万太郎は迷わず彼の名前を背中にプリントしたに違いない。

背番号は8、かのリュングベリの番号を引き継いだ、色白の今季新加入のフランス人こそが、スタジアムを埋め尽くした多くのファンの希望と、さらにはボスの首さえをも守ったのである。

＊

間違いなく、アーセナルは、ベンゲルは、追い詰められていた。

いずれも未勝利に終わった直近三試合の不甲斐《ふがい》ない結果に、ベンゲルへの懐疑的な意見が一気に噴き出していた。新聞にも眉間にしわを寄せたベンゲルの写真の隣に、危機を煽《あお》り立てる文字が勢いよく躍っている。

とはいえ、現在、リーグ戦十一試合を消化して、首位とのポイントは六差の四位。これで負けたらシーズンが終わり、という世論は性急すぎる気がするが、かといって、ケガ人続出による駒不足は誰の目にも明らかだ。しかも、次の相手はよりによって、マンチェスター・ユナイテッドである。ここで、コテンパンにやられたりしたら、もう優勝の目はないのではないか？　そういった不安がロンドンじゅうに蔓延《まんえん》していた。ゆえに、感応力の高い万太郎はしっかりその空気に感染したのち、エミレーツ・スタジアムへ向かった。

すなわち、勢いのない雨のなか、「ああ、まったく勝てる気がしません」とつぶやきながら。

＊

ゴール裏三階に万太郎は陣取った。

男たちのぶ厚い合唱が、津波のように横から背中から押し寄せる。

開始早々、いきなりシルベストルのバックパスを、キーパーのアルムニアが屈《かが》んで手で拾った。すぐさま、審判がペナルティエリア内からの間接フリーキックを指示した。万太郎は早くも何かが終わったような気がした。セルジオ越後《えちご》風に言うと、「ベンゲルがフランス行きの飛行機のタラップに足をかけた」感じがした。

しかし、幸いにしてゴールにはつながらず。このプレーを機に様子見などという悠長な時間をすっ飛ばし、両者真っ向からの対決を繰り広げる展開へ突入する。クリスティアーノ・ロナウドがテケテケとつま先だって、嘘のような速さでサイドを駆け上がってくる。DFがしっかりつくが、ほぼ一〇〇パーセントの確率でセンタリングを上げられる。その都度、万太郎は「あかん」「助けて」「やられた」と弱気の言葉を口走る。「A」の文字のように両足を広げ、FKの射程を定めるC・ロナウドの姿に、「くそ、かっこいいやんけ」と一瞬認めるも、蹴ったボールが壁に弾《はじ》かれゴールを大きく外れるや、「わーい」とまわりと一緒になって囃《はや》し立てる。

万太郎は生まれてはじめて、サッカーを観て九十分間、一度もあくびをしなかった。それほど、一瞬の弛緩《しかん》した時間もなく、選手たちはひたすら戦い続けた。

ナスリが一点目を取ったとき、これは勝てる！　と万太郎のテンションは一気に上がった。後半にナスリが二点目を目の前のゴールに叩きこんだ瞬間は、さらに狂喜乱舞した。だが一転、急に不安になってきた。これで勝ちきれないのが今のアーセナルである。マンUの反撃に一点を取られたが最後、二点目まで一気にいかれてしまうのではないか？　しかも、審判のジャッジがやけにアーセナルに辛い。周囲の男たちはもうカンカンである。

「Referee, here is London!!」

と六万人が大合唱して、プレッシャー与えるも、審判は相変わらず、ホーム寄りの笛を吹いてくれない。

守りの時間は長かった。ロスタイムは何と六分。

この過酷な時間、選手たちを走らせたのは、観客の声である。ブーイングとはすなわち、コーチングである。

万太郎は、味方にブーイングを放つサポーターの意識の高さに、始終圧倒されっぱなしだった。とにかく、ぬるいプレーには即座にブーイングが飛ぶ。相手に二、三回切り返す隙を与えただけで、大ブーイングである。それまでに詰めろということなのだ。サイドでボールをクリアし、それがマンUの中央のボランチに渡ったとき、すかさずブーイングが出た。万太郎はしばらく何を指してのブーイングなのかわからなかった。どうやら、中央に人がいなかったという、ポジショニングへの指摘らしい。ラストパスを出したあとに、走らなかったことへのブーイングもあった。

これをやられたら選手は伸びるはずだ、と万太郎はうなった。アデバヨールの代わりに、九十分間トップの位置でプレーしたベントナーには、ラスト十分、ボールに触れるたび、容赦ないブーイングが発せられた。観客に叱咤《しった》され、ベントナーはふらふらになりながら走り続けた。その結果、長いロスタイムに一点返されただけでマンUの反撃を抑え、笛が鳴った瞬間、スタジアムにはまるで優勝したかのような歓喜が爆発したのである。

＊

エミレーツ・スタジアムをあとにして、まだ半日しか過ぎていない時間に、万太郎はこの原稿を書いている。つまり、窓の外はロンドンである。若きガナーズたちの闘志あふれるプレー、ナスリの放ったシュートの美しい弾道、それを引き立てるGKファン・デル・サールの横に伸びきった長い身体――脳裏に浮かぶ残像だけで、おかわり三杯ならぬ、三年はどんな結果であってもアーセナルを応援できそうだ。

こんなことならナスリの名前と背番号8をユニフォームに入れてもらったらよかった、いや完全なるアーセナルの心臓となったセスクも捨てがたい、待て待て最後までひたすら身体を投げ出し、ボールをクリアし続けたキャプテンのギャラスも割りこむ資格がありそうだぞ、などと考えニヤニヤ笑いが止まらないまま、どっさりのアーセナル土産をトランクに詰めこみ、明日、万太郎は意気揚々、日本へと帰る。

万太郎がゆく、

クラシコ観戦記

万太郎が高校一年のときのことである。

古文の参考書を買おうと、下校途中、学校近くの小さな書店に赴いた。

誰しも一度は経験のあることと思う。参考書選びに莫大《ばくだい》な時間を費やすも、結局家では頭の数ページを解いただけで飽いてしまい、あとは二度と開かぬまま、あっさり学年をまたぎ、敢《あ》えなく古紙回収へと送られる、あの残念なパターンを。

そのとき、万太郎はただの一冊を決めるため、二時間近くも、あれでもないこれでもないと棚の参考書を引っ張り出しては戻した。その間じゅう、店には音楽が流れていた。なぜか光GENJIの『リラの咲くころバルセロナへ』が延々リピート再生されていた。ゆえに万太郎は参考書を選びながら、二時間、光GENJIの『リラの咲くころバルセロナへ』を聴き続けた。

おかげで今でも、万太郎はバルセロナと聞くと、悲しいかな光GENJIが自動的に流れだす。狭い書店の二階の風景に、曲のラストの「うぉーうぉーうぉー、きっと～」の弛緩したハーモニーが重なって脳裏に蘇《よみがえ》る。

しかし二十一世紀を迎え、ついに万太郎は光GENJIの呪縛から逃れるチャンスを得た。

今、バルセロナといえば何か？

FCバルセロナである。

メッシである。イブラヒモビッチである。「XAVI」のスペイン語表記がやたら格好いいシャビである。カンプ・ノウの周辺で見かけたポスターの似顔絵が、バナナマン日村《ひむら》にしか見えないプジョルである。フランスW杯のときに好きになり、万太郎がアーセナル・ファンになるきっかけとなったアンリである。

しかも、彼らと初対面を果たす舞台はクラシコだ。最高だ。

言うまでもなく、対戦相手はレアル・マドリード、世界でもっとも名の知れたチームだ。

今季のレアルの補強費用の総額は三百億円をゆうに超えた。日本人のサラリーマンの生涯賃金を三億円と設定した場合、百回転生してようやく払える額になる。男性の平均寿命が七十歳なら、紀元前五千年の縄文時代からまじめに働き続けなければならない計算だ。しかも、選手の給料は別なので、たとえばカカの十二億を超えるという今年の年俸を払うため、また四回ほど生き返って、ざっと二十四世紀まで働かなければならない。べらぼうな額である。もう、何というかアホである。

＊

とはいえ、万太郎のバルサ・レアル両チームに対する好意は、実のところ、ほぼイーブンだ。

万太郎はどのスポーツであれ、強くていい試合を観せてくれたら、あとはどこでも応援するというまったく節操のない男である。失業率が二〇パーセントに達しようかというスペインで、レアルのやっていることは明らかに歪《ゆが》んでいるが、一方でひとむかし前の薄い紫がかったユニフォームの色が好きだった。「俺たちは強い」と平気な顔で言える、日本人にないメンタリティーもなかなか素敵である。常にいちばんを目指すという姿勢だって、単純明快でいい。

一方、バルサは今や時代の寵児《ちょうじ》だ。

誰もがバルサのサッカーを褒める。「ああいうサッカーを目指したい」とプロの指導者がこぞって口にする。実際に、サッカーに興味がない人でも、バルサの短いパスが美しくつながる試合運びを観たら、きっと楽しい気持ちになるはずだ。そこに言葉や国籍の差はない。現在のバルサほど、サッカーの魅力を最大限に引き出しているチームは他にない。ただ、〇五－〇六チャンピオンズ・リーグの決勝で、すっきりしない勝ち方でアーセナルの戴冠を阻止したことが、万太郎にとって決定的なマイナスポイントになっている。

それでも、はるばるバルセロナにやってきたのだから、気持ちは当然バルサに傾きがちである。バルセロナ到着翌日、万太郎はスタジアム・ツアーに向かった。カンプ・ノウの巨大な外壁を見上げると、否応《いやおう》なくクラシコを迎えるのだという実感が湧いてくる。ホテルでも、テレビをつけると頻繁にバルサ・レアル両チームの映像を目にする。画面では、バルセロナの空港に到着したレアル御一行を、こちらにも当然いるであろう大勢のレアルファンが、「サインおくれー」と迎えていた。

スタジアム・ツアーの白眉は何といっても、実際に選手がピッチに登場する通路を、そのままたどることができるところだろう。地下から古いコンクリートの階段を上るにつれ、緑のピッチが少しずつ見えてきて、地上に出た瞬間、明るさとともにスタジアムの全景色が一気に降り注いでくるあの感覚。緑に染まったピッチの向こうにそびえる三層の座席が、果たして近いのか遠いのか、巨大すぎて逆に距離感がつかめない。満員になったら十万人、いったい全員がブーイングしたらどんな具合なのか。万太郎はバルサロゴが入った監督用ベンチの前で、グアルディオラのように難しい顔で腕を組んでみたが、さっぱり想像つかなかった。

＊

クラシコ当日は日曜日だった。

店は軒並みシャッターを下ろし、道路もまるで正月の丸《まる》の内《うち》・霞《かすみ》が関《せき》が如き静けさである。

街じゅうが夜七時のキックオフに向け、力を溜めているように感じられる。何しろクラシコの国内視聴率は五〇パーセントを超えるらしい。まさしく紅白歌合戦、国民的行事である。

地下鉄に乗って、万太郎はスタジアムに向かった。ホームに滑りこんできた車両は、老いも若きも男も女もバルサファンで充満していた。たまたま空いていた席に座ると、隣のばあさまふたりも、しっかり首元にバルサマフラーを巻いていた。

去年、ロンドンにアーセナル－マンU戦を観に行った万太郎だが、ハイバリーに向かう地下鉄でも、同じく老若男女のファンの姿を見ることができた。しかし、ロンドンの車両が、どこかお祭りにでも向かうような、ウキウキした雰囲気に包まれていたのに対し、バルセロナの地下鉄は何というか、

「やったる」

という空気に充ち満ちていた。やったるの「や」は、「殺」に替えてもらっても構わ

ない。

誰もが戦いの顔をしていた。もっともそれは、太い眉に加え、目の下に影が差すスペイン人独特の顔つきのせいなのかもしれなかったが。

地下鉄を出ると、午後に降り始めた雨が、ようやく収まろうとしていた。スタジアム周辺の道路はたいへんな渋滞で、ヒステリックにクラクションが鳴り響く。怒号が飛び交う。それはもう殺伐としている。

チケットに記されていた座席は、もっとも高い第三層だった。薄暗い階段を上り続け、やっと席にたどり着くと、続々と周囲をスペイン人が埋め始めた。きっとソシオの年間シート会員なのだろう。お互い顔見知りの様子で、軽くあいさつを交わす。ただし、戦いを前に言葉は少ない。そのなかにぽつんとひとり座る万太郎は、あまりに部外者でひどく居心地が悪い。

ピッチで、スプリンクラーが一斉に散水を始めた。つい先ほどまであれほど雨が降っていたのに、さらに水をまいている。芝が濡れていると、ボールが転がるスピードが上がる。バルサの連中は、しこたまパスを通す算段である。

まさしく「のぞく」という表現がぴったりくる急勾配の座席から、万太郎がピッチを見渡していると、バルサの歌が始まった。

ついにクラシコの幕開けである。

＊

十万人のブーイングというものを、万太郎ははじめて聞いた。

それはぎっしり鳥で埋まった鳥小屋に放りこまれ、一斉に鳴き声を浴びせかけられるのに似ていた。

レアルのスタメンを発表している最中も、ブーイングの津波がスタジアムを埋め尽くし、マイクの声がほとんど聞こえない。特に移籍してきたばかりのクリスティアーノ・ロナウドのコールでは、一気にボルテージが上がり、ほとんど「アギャーッ」の大絶叫だった。

極めつきの異文化が目の前で展開されるせいで、万太郎の気持ちはなかなか落ち着かない。気がついたときには、すでにキックオフの笛が吹かれ、小さな白いボールの点がバルサの選手の間をポンポンと回り始めていた。

されど、最初の決定機はそのC・ロナウドの足元に転がってくる。

それまで、ノリノリでバルサを応援し、レアルを逐一罵っていた隣の兄ちゃんでさえ、

「あうあ……」

ととてつもなく深い絶望の声を発するほど、完全にフリーの状態で、C・ロナウドはキーパーと一対一でシュートを放った。

されど、バルデスが見事に足先でブロック。途端に、

「アイヤー、バブブブブゥ」

と一転、まわりともども、隣の兄ちゃんは大騒ぎである。

とはいえ前半はレアルが予想外に押し気味に試合を進め、バルサはなかなか持ち味を見せつけることができない。周囲のイライラが募ってくるのを肌で感じながら、万太郎はピッチサイドに視線を送った。均整の取れたバルサの監督グアルディオラのスーツ姿の手前で、レアルの監督ペジェグリーニがだぶっとした外套《がいとう》を纏《まと》い、猫背気味の姿勢でラインギリギリの位置から指示を送っていた。何だか、まっさきに生徒になめられる、理科の老教師のような佇《たたず》まいだった。

前半はスコアレスのまま終了。硬い雰囲気に包まれ、ハーフタイムに入る。

拍手はなし。

＊

後半、何が試合を変えるきっかけになったかと問われたなら、万太郎は一も二もなく、

「アンリに代わって、イブラヒモビッチが入ったこと」

と答えるだろう。

アーセナル時代から、あれほど慕い続けてきたアンリのプレーをはじめて直接見る機

会を得たというのに、残念ながら、万太郎の心に悲しいほど彼は印象を残さなかった。かつてロンドンの地でまばゆいほどに輝いていた、伸びやかで、どことなく余裕とユーモアが感じ取れるプレーは微塵《みじん》もうかがえず、何とも窮屈で、居心地の悪そうなステップで左サイドでボールをこねるばかりだった。

イブラヒモビッチの登場後、バルサの攻撃は明らかに活気づく。それまでも、気持ち悪いほどのうまさを見せつけていたイニエスタとメッシが、ゴールに向け、一気にアクセルを踏みこむ。彼らの動きに関しては、万太郎が日本でテレビを観て感じることとまったく同じだった。わけのわからぬうちに、するするとDFの間を抜けていく。何人に囲まれても、なぜかボールが身体から離れず前進してしまう。倒れるときは、必ずファウルをもぎ取る。それでも、少しでもパスをするタイミングが遅れたり、トラップがずれたりすると、バルサファンは容赦なく舌打ちし、「バッキャロウめ」とばかりにメッシ相手に手を振りかざす。限りなく贅沢《ぜいたく》である。

それまでも右サイドを、パチンコ台へ向け発射される銀玉の如く、好き放題蹂躙《じゅうりん》していたダニエウ・アウベスがすこんとクロスを打ちこむ。そこへ、イブラヒモビッチが突進する。交代して、ボールにからむのは二度目か三度目だったはずだ。しかし、さすがスター。ズドンと勢いよくボールをネットに突き刺した。

万太郎の前後左右で、絶叫とともに観客が立ち上がる。万太郎も「わー」と立ち上がる。誰もが抱き合っている。もちろん、万太郎に抱きつく人はいない。仕方ないので「よっしゃ、よっしゃ」とひとりで万太郎はよろこぶ。

試合はそのままバルサが逃げきり、1－0で終了。見事、リーグ首位を奪還した。負けたレアルも、金満チームのイメージとは異なる、勤勉で好感の持てるサッカーをしていた。特にシャビ・アロンソの横面をひっぱたくような、鋭く左右へ散らす中距離パスはすばらしく格好よく、万太郎はW杯で日本代表以外では彼を応援することを決めたほどである。

＊

試合翌日の月曜日、ホテルにて万太郎はこの原稿を執筆している。

一日が経《た》ち、試合終了と同時にスタジアムを埋め尽くしたバルサファンの歓喜の裏側に、どこかしら安堵《あんど》の気配が潜んでいたことを、今となって万太郎は感じている。同時に「バルセロナ」と聞いて、もう二度と光ＧＥＮＪＩを連想することはないことを、なぜか少しさびしい気持ちとともに了解している。

四角い鉢のような巨大スタジアムの底で、緑の芝生が煌々《こうこう》たる光を受け浮かび上がっている。そこに、とても小さな、しかしとてつもなく大きな存在の選手たちが、ただ一個のボールを夢中になって追いかけている――そんな幻灯機が映し出すような美しくおぼろげな絵を、これからは脳裏に蘇らせるはずだ。

どうやらやっと、万太郎の光ＧＥＮＪＩは解散したらしい。

今月の渡辺篤史 10

ジャケットを着て、街に出よう

先日ついに番組開始二十年目にして、千回目の放送を迎えた『渡辺篤史の建もの探訪』。千回目の放送を記念して、千台突入とばかりに、仙台のお宅まで遠出してしまった篤史（いや、本当にそういう意図らしい）に倣い、このたび私も、普段引きこもってばかりの家を出て、街に繰りだした。

　というのも、このエッセイを書き連ねるうちに、思いのほかイス、ソファというものに興味が募り、いわゆるデザイナーズ家具というものを実際に見てみたい、手で触れてみたい、という欲求が高まってきたからである。

かくして、私はとある超高級ファーニチャー・ショップを訪れた。どれくらい高級かというと、いちばん高い一人がけソファのお値段が百二十九万円という驚異的なレヴェルである。車が一台買える。マグロも一匹買える。とにかく、たいへんなお店である。そこへジャケットを着用し、篤史然とした装いで踏みこんだ私。「おはようございます、渡辺篤史です」などと、夕方六時もなんのそのとモノマネしながら。

結論から述べよう。

私はすっかりやられてしまった。何に？　ル・コルビュジエの作品にである。広いフロアに点在する、彼の作品群――いわゆるLCシリーズ。外観のフォルムをがっちり囲む、むき出しになった銀色チューブが何よりの特徴だ。そのいちいちに座っては、「むう」「ええのう」「おはようございます」などと唸《うな》りながら、私はようやく了解した。

これまで紹介されたさまざまなお宅に登場したデザイナーズ家具。別にそんな高そうなイスじゃなくてもいいじゃないの、と思うこともしばしばだったが、そこには、「作品」としてニューヨーク近代美術館にも所蔵されているチェアを、こっそり我が家のリビングに所有するという、私が知るべくもない快感が潜んでいたのである。

刹那《せつな》、私は自分に決定的に欠けるある要素に気がついた。それは「余裕」である。別にイスなんて、ビールの空ケースを縦にしとけばいい、などという発想の対極にある「余裕」である。

それを習得する道ははるか険しい。まず引っ越しをして、居住スペースの余裕を得るところから始めなければならない。そのためには、何より金銭的余裕が必要だ。一脚六十万円の値札を見ても動じない、心的余裕も必要だ――という自己変革の要請さえ、突きつけてくるデザイナーズ家具の魔力。ぜひ、みなさんもお試しを！　そして、千回目の放送おめでとう！

今月の渡辺篤史

11 聖闘士《セイント》篤史

普段見慣れたものをいかに新たな視点から捉えるか——それはテレビが常に挑んできた課題ではなかろうか。
たとえば、人間の身体の内部を扱った科学ドキュメンタリー番組を観ると、その精緻な仕組みに驚嘆し、今ここに存在する一個の個体に、小宇宙に匹敵するほどの世界が詰めこまれている事実に、呆《あき》れるくらい感心することもしばしばである。科学的な情報の裏付けがあってこその説得力ではあるが、その一方で「毎日付き合っている自分の身体に、こんな世界が」という、

日常の再発見への驚きがそこには大いに含まれているはずだ。翻《ひるがえ》って『渡辺篤史の建もの探訪』において、篤史が詳《つまび》らかにするものも、我々が日々嫌というほど目にしている「家」という存在である。

最近の放送回で、篤史が私が住む市内のお宅にやってきた。屋上からの風景を見てピンと来た私は、さっそく自転車を駆って、実際に紹介されたお宅の前をこっそり通り過ぎるという、甚《はなは》だ気色の悪い行動に及んだ。というのも、いったい篤史が毎度お邪魔する素敵なお宅は、実際どのような佇まいでいるのか、この目で確かめてみたかったからである。

ところが、それはいたって――「普通」だった。

二度三度、さりげなく家の前を自転車で往復しての、偽らざる感想である。

確かにすっきりとした外観に、おしゃれな雰囲気を感じないこともない。だが、もしも篤史が来たことを知らなければ、一顧だにせずその前を過ぎ去る通行人同様、私も何ら注意を払うことなく見逃していたことだろう。

つまりは篤史の視点、言葉が添えられるからこそ、画面のなかの世界が一気に彩りを得るのである。独自の視点、独自の言葉、それを乗せるカメラアングルと音楽――これらの見事な調和が、誰もが毎日目にする、平凡な存在であるはずの「家」を、非凡な「建築小宇宙」へと昇華させるのだ。もちろん、家を構成する家族のみなさんの協力があっての仕事であることは、言うまでもない。

見慣れたもの、聞き知ったものを、もう一度そのまま確認するために、人はもうテレビを観ない。かといって、誰も知らない真新しいものが、そう簡単に見つかるはずもない。

『渡辺篤史の建もの探訪』は、テレビが向かうべきひとつの回答を、明確に示しているのではないか。ああ、篤史に小宇宙《コスモ》を感じる、この頃。

今月の渡辺篤史

12 ある訪問

ついにこの日がやってきた。

玄関に近づく人の気配、ゆっくりと鳴るインターホン。「はい」と上ずった声とともに、私はドアノブに手をかける。

「おはようございます、渡辺篤史です」

扉の向こうに彼がいた。そう、私の家に『渡辺篤史の建もの探訪』が、そしてついに篤史本人がやってきたのである。

玄関を出て、大慌てであいさつを交わす私。番組はすでに始まっている。黒に統一した外観とワンポイントの白枠の船舶窓を見上げ、「いいですねえ」と目を細める篤史。

どうぞどうぞといつまで経っても挙動不審な私に案内され、「お邪魔します」と静かに我が家に一歩を印す篤史。まず向かうは二階のリビングである。階段の終点付近で足の運びを弛《ゆる》めた篤史は、あえていったんタメを作ったのち、「おお」と感嘆の声とともにリビングを一望する匠《たくみ》の技をさっそく披露。もちろん、そこには我が家ご自慢の、裏の神社の森を一面に取りこんだ、緑あふれる大開口ガラス窓が客人をお出迎えする。

「ありがたいねえ」

眺望にひとしきりうなずいたあと、篤史はリビングのあちこちに仕掛けられたチェアをチェックする。有名なデザイナーズものから、無名作家による素朴な木のイスまで、そのいちいちに腰を下ろし、「いいねえ」と恍惚《こうこつ》の表情。そこへ尻尾《しっぽ》を振ってやってくるのは、私のかわいい息子たち、すなわち三匹のスコティッシュ・テリアである。名前は稲葉に安藤《あんどう》に氏家《うじいえ》――我が家の美濃《みの》三人衆としきりにじゃれ合ったのち、篤史は屋上へ。もちろん途中のらせん階段を見て、「このアールがいいねえ」のひと言は忘れない。

屋上から見渡すは遠くの海、背後の山、篤史晴れの青い空。なぜか「ご主人、おめでとうございます」と篤史に握手を求められたのち、最後は一階へ。小説家のくせにさほど本がない仕事部屋、ガラス張りの浴室とツーボウルの洗面台をのぞき、敷地面積・坪単価の紹介へと移る。

「いかがでした？　今週のマキメさんのお宅。気取らないなかに、キラリとセンスが光る、たいへん居心地のいい空間でした」

と稲葉・安藤・氏家を膝上に抱いて、笑顔で総括する篤史、それを感無量の思いで眺める私——というのはどこまでも私が勝手に書き上げた夢のお話なのだけれど、いつか本当にそんな日がきたらいいなあ、と明日への決意を新たにひとまず筆をおく、そう、このたびの最終回。

●

この「今月の渡辺篤史」なるエッセイ・シリーズは、エッセイ集『ザ・万歩計』収録の「篤史　Ｍｙ　Ｌｏｖｅ」を発展させるかたちで、雑誌『ダ・ヴィンチ』にて一年間にわたり連載したものだが、それを目にした出版社の方から、ある日オファーが舞いこんだ。

「このたび、『渡辺篤史の建もの探訪』放送二十周年を記念して、特集本を作ることになったのですが、ついてはエッセイを一本書いていただけませんか？」

聞くと、番組スタッフの方も、『ダ・ヴィンチ』の連載を毎月読んでくださっているのだという。それだけでも光栄極まりないことなのに、特集本にエッセイまで書かせてもらえるというではないか。

「やります」

一秒で、即答した。

かくして二〇〇九年四月に刊行された『渡辺篤史の建もの探訪BOOK』に、私は「篤史フォーエバー」というエッセイを寄稿した。ご本人の目に触れること間違いなしであるにもかかわらず、これまでと同じく全編「篤史」で押し通した失礼千万な私に対し、渡辺篤史氏自ら、あとがきにて「エッセイを書いてくれた万城目学氏」とわざわざ謝辞を贈ってくださった。

何という寛大さ――自分の名が記された箇所を何度も読み返し、私はふるえる心でつぶやいた。大好き篤史ッ、とこっそり叫んだ。同時に、『ザ・万歩計』にはじめの一編を書いてから、夢のようなスピードで駆け抜けた一年を振り返り、

「『建もの』ファンとして、これを〝あがり〟と言わずして、何を〝あがり〟と言おうか！」

と大きくガッツポーズしたのである。

第5章

目的地への到着を告げるアナウンスがあったかどうかは覚えていない。ただ、キャビンアテンダントが乗客のシートベルト着用等の安全確認をいっさいすることなく、さっさと通路のカーテンを閉めて、向こうに引っこんでしまったことは覚えている。

天井の読書灯は電球のまわりがひび割れて、電気はつくが肝心のライトが手元を向いていない。座席上部の荷物置きは開閉式ではなく、高速バスのように単なる棚の作りで、各人の荷物が通路に向かってむき出しになっている。まるで三十年前の新幹線ひかりに乗っているようだ、と丸い窓に何とも言えぬ懐かしさを感じながら外を眺めたとき、どすんと重い衝撃が機体に響いた。

どうやら無事、着陸した模様である。

それから飛行機はやたらと走った。

およそ十五分、結構な速度で空港の滑走路を移動し続けた。あまりに長い時間、減速もせずに走っているので、ある速度以下になると起爆するよう爆弾を仕掛けたと脅迫され、バスが空港内の滑走路を延々と回る映画を思い出し不安になった。今、コックピットでキアヌ・リーブスに代わる誰かが奮闘してるんじゃなかろうな、といよいよ想像をたくましくさせながら、入国書類をチェックした。書類には会社名と役職を書く欄がある。本当のことを書くと入国できないおそれがあるので、ありもしない会社名を記入し、アシスタント・マネージャーという曖昧極まりない役職をつけ足しておいた。それにしても、窓の外が何も見えない。本当に目的地に着いたのか。きっかり二時間飛んだふりをしただけで、出発地に戻ってきたなんてことはありはしないか。

急に窓の外に建物が現れたと思ったら、ようやく飛行機が止まった。

硬い表情のまま、口だけが別れの朝鮮語を繰り返しているキャビンアテンダントの見送りを受け、タラップを降りる。

時計の針は十九時半。しんと冷えた空気に包まれ、真っ暗な闇の中で目の前の背の低い建物だけが、煌々《こうこう》と電気を灯《とも》していた。

建物の中に入ると、簡素な入国カウンターが並び、いずれも帽子をかぶり深緑色の軍服を着た軍人が中に座っていた。

ああ、とうとう北朝鮮に来たのだ——、と思った。

＊

先制パンチはいきなりやってきた。

入国審査をクリアし、これから荷物チェックを受けようと並んでいる日本人七十人の間に突如、

「ユニフォームとカメラは没収」

という衝撃情報が駈《か》け巡ったのである。

情報確認のために、慌ただしく何人かが長い待ち列の前方に様子を見にいくのを尻目に、私は最後尾でのほほんとしていた。そんなわけないではないか。確かに現在、北朝鮮への経済制裁が行われているため、事前の荷物の持ちこみに関する注意は嫌になるくらい多かったが、カメラはＯＫと経済産業省作成のパンフレットにちゃんと書いてあった。それに今回の北朝鮮訪問の目的は国際ＡマッチであるＷ杯三次予選の観戦である。試合会場への日の丸や横断幕、鳴り物の持ちこみは禁止というのは、確かに特殊なお国柄ゆえに仕方ないとして、ユニフォームもダメはないだろう。そんなの、応援に来るのを許可しておいて、現地で応援するな、と言っているようなものではないか――。

しかし、私は甘かった。

本当に没収だった。

とはいえ、段階がある。

まず、申告すると没収されない。

北朝鮮国内に持ちこみできない携帯電話と同じく、荷物チェックの前に差し出すと税関が保管し、出国の際に戻してくれる。ただし、申告せずにトランクやリュックにひそませたまま荷物チェックに挑み、係員に見つかったときは問答無用で没収される。また、ユニフォームは日の丸がついているもののみダメなのだという。そんなデザインだったっけ？　と荷物から取り出してみたら、思いきり胸のところに日の丸がついていた。

うむむ、と考えた。

考えつつ、何だか腹が立ってきた。

カメラはＯＫとはちゃんと事前の交渉で相手と話をつけていたはずである。だが、簡単にひっくり返された。まあ、相手は北朝鮮だ。驚く話じゃない。しかし、せっかく北朝鮮まで行って、写真の一枚も撮らずに帰るのはないだろう。本当に行ったかどうか、わからんではないか。

小さい。

やることが小さいわ、北朝鮮。

こんな一介の観光客をねちねちいじめて何が楽しい。ユニフォームを着て、ひいきのチームを応援する。そんな簡単なこともできないとは何事か。ひとつ前に並んでいる親子連れは、マフラーの端におまけのようにデザインされている日の丸を「仕方ないね」とマジックで消し始めた。ああ、せつない。いっそ、日の丸の白いところを緑に塗って、今日だけバングラデシュの国旗を装ったら、みんなで通過できやしまいか、無理か。

考えれば考えるほど従うことが馬鹿馬鹿しく思え、私はユニフォームを申告しないことに決めた。ただし、見つかったときの言い訳のために日の丸は青く塗っておいた。そのへんはセコかった。カメラはさすがにX線検査を突破できぬと思い、預けることにした。

税関職員といっても、その実体は見たとおり軍人である。深緑色の軍服、いかつい体格、冷たい表情、「こっちへ」「荷物置け」「荷物開けろ」「行け」、すべて指示はあごと目線で行う。まるで、横柄が肉と服を纏《まと》って立っているようだ。

ゲートを潜り、身体検査を受けながら、私は隣で行われている荷物検査の様子を横目で観察した。

地面に、どえらいゴミの山ができていた。

すべて日本人から没収したものである。

水、食料はもちろん、ユニフォームにマフラータオルがわんさと捨てられていた。同じく強行突破を考え、「ユニフォームだけは」とチャレンジした猛者《もさ》たちの死屍累々《ししるいるい》たる結末がそこにあった。

私のひとつ前で検査を受けていた親子連れも、せっかく日の丸を黒く塗りつぶしたマフラータオルを、荷物から取り出した瞬間、軍人に捨てられていた。

親子連れの子のほうは、小六か、中一くらいだろうか。まだ顔にあどけなさが残る少年だった。次のチェックの順番を待ちながら、私は心の中で軍人に呼びかけた。おい軍人、そんなに小さい日の丸をマフラーの端っこに見つけて、これ見よがしに捨て去るより、余程瞠目《どうもく》すべきポイントがその少年にはあるだろうよ――、と。

見よ、少年のジャージを。

思いきり、胸のロゴに「US　ARMY」と書かれている。ワシが荒々しく星条旗をつかんでいるエンブレムは何ぞ。厳密には今も朝鮮戦争は続いていて、北朝鮮とアメリカは停戦しているだけで、休戦ではなく、戦争状態にある。そんな敵の中の敵、エネミー・オブ・エネミーであるアメリカ軍のジャージを堂々と着ていてもいっさい気づきもせず、添え物程度の日の丸を鵜《う》の目鷹《たか》の目で探しているとは、まるで子どもの仕事ではないか。

されど、相手は軍人である。

軍人の行動に個人の意思など存在しない。この嫌がらせにしたって、上からの命令をこなしているだけだろう。もっとも、命令を実行する義務感以外にも、多分に積極的な加虐心が注ぎこまれているのは明らかだが、とにかく日の丸を持ちこませるな、という命令が出ているからこそ、軍人も子どもの仕事に励むのだ。

ＵＳ ＡＲＭＹの少年が立ち去り、私の順番がきた。

トランクを開けるなり、司馬遼太郎の文庫本をチェックされた。わ、それは捨てられては困る、と思わず手が反応したが、ぱらぱらとめくっただけで軍人はすぐに元に戻した。別に軍人も何から何までチェックしない。衣類は上からつかんで、やわらかければ問題なし。ユニフォームも下着類を詰めた袋に入れておいたら、表面を押しただけでチェックが終わってしまった。しかし、文房具をごっそり捨てられた。しかも、それは北朝鮮の子どものために用意したものだった。

実は今回の北朝鮮行きは全行程三泊四日、試合の観戦のほかにも、平壌《ピョンヤン》市内名所めぐりや板門店《はんもんてん》見学などもする、というものだった。そのなかに、中学校を訪問し生徒の歌や演奏の歓迎を受ける、というプランがあり、生徒へのお土産《みやげ》として文房具を持参してもらえるとありがたい、と事前にもらったパンフレットに書いてあったのである。

北朝鮮という国に対し、もちろんいいイメージは持ち合わせていない。でも、子どもは別である。ささやかな文房具を渡すことで、こちらに輪をかけて相手への悪印象を持っているであろう、北朝鮮の子どもの心証が少しでも上向いてくれたらよい――、と私は北朝鮮ではきっと手に入らないだろう、色鮮やかなクリアファイルを五十枚用意していた。その他に、家に余っていたどこで手に入れたか定かでないポケモン・クリアファイル、H・I・Sでむかしもらったエビちゃんと押切もえが片足を上げて並んで写っているクリアファイルもついでに入れておいた。

係員の軍人は袋から取り出したクリアファイルの束をぱらぱらと見た。真ん中あたりに潜ませておいたエビちゃんのところで、ぴたりとその無骨な手を止めた。無表情のまま、しばらくエビちゃんを眺めたのち、「廃棄」のものが固まる机の隅に五十枚をぞんざいに放り投げた。ちょっと待って！　百歩譲ってエビちゃんはダメとしても、ほかの無地のやつは何の問題もないだろう、ただのビニール製品なんだぞ、と抗議しても聞く耳持たず。ちょうど北朝鮮の通訳のおじさんがいたので、「これは中学校へのおみやげだ」と説明させても埒《らち》明かず。

捨てる理由は「日本製だから」ということだったが、そんなのは信じない。そもそも理由になっていない。没収しておいて、どうせ自分たちであとで分けっこして使うだけだろうが、と心の中で毒づきつつ、「もういい、行け」とあごで伝えられたので、荷物を戻しトランクを閉めた。隣では、同じく中学校へのプレゼントとして持ってきた、ごくごくスタンダードな鉛筆とノートのセットを全部捨てさせられた人が通訳を呼んで抗議していたが、もちろんものが返ってくることはない。

税関を出ると、すでにチェックを終えた人々が薄暗い空港の隅でみなぐったりとして待っていた。

全員のチェックが終わり、空港をバスであとにしたときには、飛行機が着陸してから、すでに二時間半が経《た》っていた。

腹は立たなかった。

ただ、しょぼんとした。

高価なユニフォームが無惨に捨てられたゴミの山を前にしても、軍人の威圧感に負け何も言えず、自分のユニフォームは見逃されたことに小さなよろこびを覚える。相手も相当小さい連中だったが、こちらも負けず劣らず小さいことを思い知らされ、もうしょぼんとするしかなかったのである。

＊

空港を出たバスの中で、北朝鮮のガイド氏は流暢《りゅうちょう》な日本語で言った。

「今回のことは仕方ありません。九月に日本で試合があったときに、日本の空港の税関で、我が国の選手たちはとてもひどい扱いを受けました。そのことを私たち国民が知り、とても腹を立てた。だから、今回は上のほうから、何か指示があったようです」

北朝鮮のナショナルチームが来日した際、空港にて二時間別室に連れて行かれ、税関にねちねちいじめられたことは、出発前にサッカーのＦＩＦＡ公認代理人をやっている方のツイッターを読んで知っていた。いくら経済制裁をしている相手とはいえ、案外、日本も幼稚なことをする、と完全に他人事《ひとごと》として感想を抱いていたら、まさか自分がそのとばっちりを食らうことになろうとは。

その後、バス内に回ってきた情報によると、日本代表の選手たちは四時間も税関で足止めを食らったという。完全に倍返しをされたということだ。私よりも先の便で到着した人は、選手たちがまだ税関に並んでいるところを見たと言っていた。食料を全部捨てさせられることがわかり、用意したおにぎりを仕方ないから食べていたそうだ。

やられたからやり返す。

まさに子どもの喧嘩《けんか》である。

ただ、やり返すなら選手まで、であろう。蚊帳《かや》の外の人間を無理矢理、引きずりこんでも、むやみに印象を悪くさせるだけで、北朝鮮にとって得なことなど何もないはずである。

カメラを無理矢理預けさせられたことを、「仕方ない」のひと言で流され、ブーイングが湧くバスに、さらにガイド氏の声が響く。

「あと注意してほしいことは、日本のみなさんは、我が国のことを北朝鮮と呼びますが、それはこちらでは使わないでください。我が国の正式名称は朝鮮民主主義人民共和国です。北朝鮮ではなく、朝鮮と呼んでください。お願いします」

これに対し、日本人から素朴な質問が上がる。

「何でダメなの？　だって、朝鮮半島の北半分にあるんだから、北朝鮮で自然じゃない」

ガイド氏は間髪を入れず返答する。

「ちがいます。北半分じゃないです。朝鮮はもともとひとつの国です。それが不幸な歴史を通じ、今は分断されていますが、本当は北も南もないのです」

どんな国にも建前は存在する。日本にだって自分たちの間でしか通じない建前がいくらでもある。同じくここでは、南北に分断されてから六十五年が経とうとも、「我々はひとつの国」という建前は譲れないということなのだろう。

二十一時過ぎ、バスはようやく夕食のレストラン会場に到着した。

メニューは以下のとおり。

一人用鍋（豚肉・白菜・豆腐・玉葱《たまねぎ》・人参等）、水キムチ、ピリ辛きゅうり、げその人参炒《いた》め、魚の青唐辛子炒め、チキンカツ、パン。

菓子パンをのせた皿が、いちばん最初から目の前に置かれていて、手をつけるタイミングがわからない。料理の味はとても薄口であっさり。にんにくが利きすぎることもなく、たいへんおいしくいただいた。

食事を終え、ホテルに向かうバスの中から、二十三時過ぎの平壌の街を眺めた。ときどき、人が歩いている。男がひとりで袋を担いでいる。女同士でも歩いている。左右には背の高い建物が多い。マンションだろう、上の階まで明かりが結構ついている。カーテンを開け放した窓から、天井の照明がやわらかい暖色を放っているのを眺め、思っていたよりもずっと豊かな街のようだぞ、と街の全体像は暗くて見えなくても、うっすらと伝わってくるものがあった。

平壌で二本の指に入るという高級ホテルに到着する。到着階では、角刈りの明らかに軍人ぽいスーツの男がエレベーターホールの近くに立っていた。微動だにせず、じっとこちらを見つめている。勝手にホテルの外に出るのは禁止との達しがあったが、各階までこうしてチェックの目が光っているとは。この人、朝までここに立っているのだろうか。

部屋に入り、シャワーを浴びた。

水道管が錆《さ》びているのか、バスタブの底に溜《た》まる水が、知らないうちに風呂場で鼻血を出したときのように赤かったが、お湯も出ることだし、よしとした。

＊

朝の平壌の街中をバスがゆく。

往来には大勢の人が歩いている。

信号機の横に婦警さんが立っている。青い制服だ。青のミニスカートに黒のブーツという取り合わせがよく似合う。ひざっこぞうが寒そうに出ている。

私はともすれば曇ってしまう窓ガラスに顔を近づけ、外の様子を食い入るように見つめた。

もちろんのことだが、そこに都市の脈動があった。

道行く人々は皆、むっすりとした表情で歩いている。誰も笑っていない。ああ、北朝鮮ぽいな、と一瞬思うのだが、考えてみれば、日本でも朝の通勤電車に乗っている面々は、これに輪をかけて不機嫌そうな顔をしている。

つまり、何の変哲もない朝の通勤風景ということなのだろうが、人が歩いているだけでものめずらしく感じてしまう。いかに普段から北朝鮮に対し、非日常的なイメージを与えられてきたかを図らずも気づかされる。

北朝鮮の建物からは、思っていたほど社会主義の気配がしなかった。もちろん、広告看板はないし、自動販売機もない。そもそも、道路から商店とわかる建物がほとんど見当たらない。それでも約十年前、モンゴルのウランバートルを訪れたとき感じた、「うわ、さすが元社会主義」と思わず声が漏れてしまうほどの画一的で無機質な香りというのは、今も現役の社会主義国家である平壌の街並みからは不思議と感じ取れなかった。

意外なくらい、外観デザインや色合いに多様性があり、ときにはおしゃれですらある新しいマンションを川沿いに見かけることもあった。

さて、二日目のメインは、何といっても日本代表戦だ。

キックオフは十六時。それまでは平壌市内のあちこちをバスで観光するというプランである。

北朝鮮では、一般外国人の個人旅行というものは認められない。決められた観光コースを通訳兼ガイドとともに訪れるのみである。このガイド氏は旅行社の人間ということになっているが、要は公安である。私の団体バスにもガイド氏のほかに、二人の公安が乗りこんでいた。ひとりはガイド氏の同僚、もうひとりは上司。上司の「課長」は大柄で元軍人ではないか、と思われる背中の持ち主でずいぶんな塩辛声だった。こちらの軍人は土木建築作業を手伝うことが多いからか、肩幅と背中の大きさが明らかに一般人とちがう。また、一般の北朝鮮男性は決して背が高くないのに、空港でも、ホテルでも、監視役として立っている男性は軒並み百八十センチ近い偉丈夫ばかりだった。あえて背が高い人間を選抜してぶつけてきているとしか思えない。

ガイドは厳しく言えば監視だが、やさしく言えば護衛である。ガイドが指示する範囲で行動する限り、身の安全は保証される。お客様扱いしてくれる。ちなみにガイド氏は男性で、私よりひとつ年下とのことだったが、どう見ても年上の容貌だった。明治時代の人間は、現代の人間と同い年であっても、精神年齢は十は上だったと言われるが、まさにそれを地でいく感があった。

このガイド氏らに率いられ、試合までにバスが向かった観光地は万景台《ばんけいだい》、地下鉄、主《チュ》体《チエ》思想塔、創成記念塔、祖国解放勝利記念塔、金日成広場である。

なかでも印象に残ったのは地下鉄だ。

北朝鮮の人々が普通に乗っている車両にお邪魔して、実際にひと駅乗ることができた。天井がドーム状になっているプラットホームのデザインはすばらしく、大阪の地下鉄御堂筋線心斎橋駅を数倍気品高くしたような造りで、シャンデリアは特に瀟洒《しようしや》だった。こんなレトロ感漂う、立派な内装の地下鉄プラットホームは日本にもないだろう。ただし、ずいぶん地下深くに造っているため、都営地下鉄大江戸線をしのぐ長いエスカレーターに乗る。その際、不思議だったのは、対向するエスカレーターに乗る北朝鮮の市民がいっさいおしゃべりをしないことだ。もっと不思議だったのは、北朝鮮の男性はほとんどが耳のまわりを刈り上げ、6：4分けのヘアスタイル、黒のコートという取り合わせを守っているのに、ひとりだけ市原隼人《いちはらはやと》のようなパッツン短髪にスタイリッシュなライダーズジャケットを着ている若いのとすれちがったことだ。もちろん黒髪で、ジャケットも黒だったが、明らかに他とコンセプトが異なっていた。いったい、あれは何だったのか？

地下鉄以外に訪れた万景台、主体思想塔、創成記念塔、祖国解放勝利記念塔、金日成広場——、これらはすべて、建国の父金日成を頂点とする北朝鮮の政治体制を強固にするために造られたもので、どれも存在意義は同じである。

独裁体制のいちばんいやらしいところは、不安と猜疑心《さいぎしん》が高じて、最終的に思想まで統制しようとすることだろう。北朝鮮はそのためにわざわざ主体思想というオリジナルの政治思想まで作った。主体思想塔のてっぺんにある展望台から、平壌市内の絶景を見渡しふと思う。人間が十人いたなら、「右を向け」と言われたとき、本能的に左を向きたくなる輩《やから》が、必ずひとりくらいいるものである。そういう人間は、この国に生まれ、どう自分の心と折り合いをつけていくのだろうか——、と。そんな不幸な人生を送るくらいなら、幼少期から徹底して思想教育を施し、疑問が生まれる余地も与えぬまま大人にさせるほうが、かえってこの国で生きるうえではしあわせなのかもしれぬ、などと逆説的なことまで、つい考えてしまう。だが、人間とはズルくてたくましい生き物だから、のらりくらりとかわしつつ、何なりと自分を保持し続けるのかもしれない、とも思う。真実はわからない。今は誰もその問いに、正直に答えることを許されないからだ。

社会主義全盛の時代を今に伝える巨大モニュメントの数々を観光し、締めとして軍事パレードの映像でおなじみの金日成広場に立つ。地面には市民が並ぶときに使うのであろう目印がびっしり打ちこまれていた。視界の開けた広場の正面には大同江《だいどうこう》を隔て、先ほど上ったばかりの主体思想塔が快晴の空にそびえている。

それを見たとき、私は完全に予感した。

この平壌は金日成の街だ。彼の偉業を称《たた》える巨大絵画や銅像、名前を冠した建物であふれている。いつか、朝鮮がひとつの国に統一されたとき、この平壌を舞台にして間違いなく一本の映画が作られる。タイトルは『イルソン・コード』。市内にちりばめられた巨大モニュメントが意味する暗号を解き明かし、莫大《ばくだい》な金日成の隠し財産のありかを探す、というストーリーだ。

現在、平壌では柳京《りゅうけい》ホテルというとてつもなく巨大な二等辺三角形の外観をしたホテルが、着工から二十四年を経て、二〇一二年の完成を目指し建設中だ。まるでスター・ウォーズの帝国軍の戦艦が、尻から垂直に落ちたのではないかというほど、この二等辺三角形は市内のどこからでも目立つのだが、『イルソン・コード』のクライマックスにも、当然この建物はからんでくる。金日成の暗号を解き明かした末に得られる情報は、ある日付と時間だ。そう、その時間きっかりに、この柳京ホテルが巨大な日時計となって指し示すところ、二等辺三角形の頂点が影となって下りるところに財宝が眠っているのだ。

謎の武装組織の追跡から命からがら逃れ、何とか暗号を解いた我らがラングドン教授。満を持して、お宝の中身を突き止めるべく、定められた時間きっかりに、ついに柳京ホテルの前に立つのだが、残念！　その日はあいにくのお天気で、太陽は厚い雲からいっさい顔を出さず、どこに影が下りるかまったくわかりませんでした――。

などと勝手なストーリーを頭の中で思い浮かべつつ、ぼんやりと金日成広場に突っ立っていると、両手をポケットにつっこんだおじいさんが、難しそうな顔で目の前を通っていった。万景台、主体思想塔、創成記念塔、祖国解放勝利記念塔、いずれも外国人観光客が訪れると事前アナウンスが徹底されているのか、敷地に一般人をまったく見かけなかった。さすがにこれだけ大きな広場になると、そんな規制もできないのか、市民が自由に行き来している。もっとも、日本人観光客のそばをあえて歩こうという人は少ない。勝手に話しかけてくるなんて絶無。ただ、遠巻きになまあたたかく眺めているだけである。子どもたちは、手を振るとたまに振り返してくれる。

果たしてこの距離の取り方がこれから向かう先ではどう変わるのか？　金日成広場をあとにして、いよいよ試合会場である金日成スタジアムへと向かう。む、これも金日成がついている。近未来映画『イルソン・コード』に登場決定だ。途中、バスが前を通り過ぎた中学校の校庭で、手首に赤いスカーフをつけた詰め襟の少年たちが、サッカーをしていた。よくよく考えると、北朝鮮に到着しそろそろ二十四時間、あらゆる場面のなかではじめて見たサッカーの風景だった。

＊

スタジアムのまわりはすでに大勢の男たちに取り囲まれていた。並んでいるわけでもなく、たむろするといった様子でもなく、何とも言えぬ異様な空気が立ちこめている。軍服を着ている連中の割合が圧倒的に多い。それらが遠巻きに、バスから下りる日本人を無言で見つめている。ダウンジャケットの下に日本代表ユニフォームをひそかに着こんでいたのだが、披露するのは難しそうな雰囲気だ。ガイド氏が日本人にひとりずつチケットを渡し、あっちへ急いでと言うので、よくわからぬまま走った。スタジアムの真下で男たちが押し合いへし合いしているところに、いくつもの笛の音が響き渡り、怒鳴り声とともに細い道が一本できた。そこを日本人サポーターは一列になって、追い立てられるようにして裏口から突入した。

薄暗い通路を小走りで進みながら、目の前に見えてきたものに、私はこみ上げる笑みをこらえきれなかった。

最高――。

通用口の形に切り取られた光のシルエットの向こうに、スタジアムの様子が映し出されていた。

その赤い眺め。

ゆらゆらと揺れながら、正体はわからないが、「何かが大量にいる」とだけは伝わってくる茫洋《ぼうよう》とした赤い波。

通用口から出た途端、大音量が降り注いできた。

ピッチの緑が照明を受け、浮かび上がるように鮮やかに発色している。通路は軍服を着ている連中で埋め尽くされ、首をねじってスタンドを見回すとすでに完全な満員だ。メガホンを口にあて、太鼓の音に合わせ、全員で何かを喚《わめ》いている。

やはり、こうでなくては——。

私はにやにやしながらスタンドの席についた。

今回の一戦に際し、北朝鮮は日本人サポーターを百五十人しか受け入れなかった。なるほど、こういう理由だったのかと思ったのは、ちょうど通路と壁とに囲まれた一区画に日本人全員がすっぽり収まったことである。それをずらりと軍人でもって取り囲む。もとより、北朝鮮側はこの小さな区画に日本人を押しこめ、動きをコントロールしようと決めていたのだろう。その上限がイスの数百五十だったわけだ。日本サッカー協会がいくら受け入れ人数を増やせと要求しても、なしのつぶてだったはずである。

席に座って落ち着く間もなく、選手入場である。

いかに北朝鮮側が、日本人サポーターと一般の北朝鮮市民との接触に神経を尖《とが》らせていたか、よくわかる。ギリギリのタイミングで日本人を会場入りさせるよう、分刻みのスケジュールで動いていたということだ。というのも、のんびりと金日成広場を散歩するばかりで、刻一刻と迫る試合のことをまったく言いださないガイド氏たちの様子に、「このまま、スタジアムに連れていかないつもりじゃないのか」疑惑が、日本人ツアー

客の間に湧き上がっていたくらいだ。スタジアムに向かう途中も、ガイド氏からはほとんど懇願のような口調で、

「みなさんの安全にかかわることなので、お願いだから現地の人々の気分を少しでも害さないようにしてください」

と何度も釘を刺された。

サッカー日本代表が、平壌でアウェー戦に挑むのは二十二年ぶりだという。

果たして選手は空港で四時間しぼられた疲れを払拭できたのか。ちゃんと今日も練習できたのか。私はこのやんやと応援している連中が、点を取られていっせいにシンとする瞬間を見てみたくて仕方がないよ。

審判団を挟み、日本と北朝鮮の選手が横一列に並ぶ。電光掲示板に先発メンバーが記されているはずもなく、誰が誰なのか確認しているうちに国歌が始まった。いや、ブーイングが「ぶぅぅ」じゃなくて「キィィィ」に突然高音化したことで、『君が代』が流れていることを知らされた。ブーイングにめげず日本人もがなり立てるように歌うので、さほど邪魔されている感じはしないのだが、これではテレビじゃ何も聞こえないだろう。

ピッチの十一人は何だかみな居心地悪そうに見えた。かつて、ファビオ・カンナバーロがユヴェントスに在籍時に、インタビューで新たに加入したばかりだった若きイブラヒモビッチについて、

「カペッロ（当時の監督）がロッカールームで雷を落としているときに、まったく場の空気をわきまえず、いきなりひとりで爆笑するのは、心臓に悪いからやめてほしい」

とコメントするのを読んだことがあったが、まさに今の日本代表に必要なのはイブラヒモビッチをしのぐ、場をわきまえぬ狂心《たぶれごころ》であったろう。

しかし、残念ながら日本代表には常識人が多かったようだ。極めて素直に場の空気を受け入れた試合の入り方を選択してしまった。キックオフの笛が吹かれるなり、勢いに乗った北朝鮮がどんどん攻めてきて、日本はあっという間に防戦一方になった。今後の最終予選でも、強烈なアウェー戦はいくらでもやってくる。鍵はいかに心をイブラヒモビッチ的に整えるか。場の空気を読まんでなんぼの精神を身につけるか。これは急務である。

ところで、試合開始前から、ひとつ気になっていたことがあった。それは観客に非常に女性が多いことだ。国歌が流れる間は全員が起立するため、上半身の服の色が隠れずよく見える。対面のスタンドには、二割から三割近く赤や黄色のダウンぽい服が混じっていた。男は黒っぽい服しか着ないから、つまりは女性ということだ。スタジアムの外には男しかいなかったのに、どうしてこんなに女性が混じっているのか、と不思議に思っていたら、やがてその理由が明らかになった。

試合開始十五分から二十分くらい経った頃だったろうか、突然視界上部の色合いが変わった。何だと顔を上げたら、向かいのスタンドに巨大な文字が浮かんでいた。全員がプラカードを持っているのだろう。次々と色鮮やかなメッセージが繰り出される。これである。座っているのは、普通の観客ではなかったのだ。要は全員仕こみだったのである。

あとで聞いたところによると、試合開始十六時に対し、わざわざ十三時半からスタジアムに詰めて彼らは応援の練習をしていたそうだ。とはいえガイド氏曰《いわ》く、出来としては全然ダメとのことだった。ガイド氏は「あちこちに黒いのが見えたでしょ？」と言う。つまり、全員がプラカードを掲げなければいけないところを、試合見たさにサボっていた人たちが結構いたということである。そりゃ、サボるだろう。試合のほうが大事だもの。

さて、ピッチでは日本がキックオフから変わらず、ままならぬ試合を強いられていたが、一方でこちらもまた、ままならぬ戦いを続けていた。

われわれの戦いの相手は北朝鮮人民軍である。

先述した日本人百五十人を等間隔でぐるりと取り囲む軍人、その数二十人。うっかり、そのすぐ横に座ってしまったため、九十分にわたる神経戦を繰り広げることになってしまった。というのも、見えんのである。連中は階段通路に縦一列に立って並んでいる。対して、こちらは座っている。当然、相手の軍服で遮られた部分はまったく見えなくなる。見ようとしてこちらが腰を上げると、すぐさま「座れ」と指示がくる。
「おめーが立ってるから、見えんのだろーが」
と抗議しても無駄である。逆にピッピッと笛を吹いてくる。しかし、こちらは試合を見るためにわざわざ平壌くんだりまできたのだ。軍服の作りや生地の質感を間近で観察するためにきたのではないのである。

軍人と日本人とのつばぜり合いはいよいよ激しさを増す。見えないものは見えないので、みんなお構いなしに立つ。その都度、軍人は注意する。軍人がいい加減、怒り始めたところで、日本人やっと座る。これを何度か繰り返していたら、その場の隊長らしき軍人が、上官に呼びつけられ怒られていた。もっと厳しくしろ、ということなのだろう。すると、今度は上官に怒られた軍人が、日本人の間に座っていたガイド氏の上司である「課長」を呼びつけ怒り始めた。その語調の激しさから、
「お前、何ぼやっと座ってんだ。お前の仕事は何だ。ちゃんと日本人に言い聞かせろ！」

くらい言ってそうである。

それからというもの、軍人側からの締めつけは急に厳しくなり、少し腰を上げただけでも注意、挙げ句にはニッポンコールすらも禁止の対象になった。とにかく、北朝鮮の市民を刺激したくないということなのだろうが、やりすぎである。日本人以外のスタン

ドでは、試合開始から総立ちで叫びっぱなしだ。誰もこっちの様子なんか見ていやしない。もっとも、この軍人たちも気の毒といえば気の毒である。なぜなら、席に座らずスタジアムじゅうの通路をぐるりと埋め尽くす他の軍人たちは、きっとチケットなど持たないだろうに、その社会的特権を行使しひたすら試合を楽しんでいる。この場の二十人だけが、よりによって日本人を監視するハズレくじを引かされたのだ。えらい奴《やつ》は試合を見ている。えらくない奴は日本人を見ている。誰もがもっとえらくなろうと心に強く誓ったはずだ。

後半に入り、ついに均衡がやぶれる。

悲しいことに、私は得点のシーンをちゃんと見ることができなかった。軍人と軍人の間に、ペナルティエリアでごちゃごちゃしている赤と青の選手たちが見え、次の瞬間、キーパー西川周作《にしかわしゅうさく》が横っ飛びしていた。え、ゴール？　決められちゃったの？　答えは一目瞭然。まわりがお祭り騒ぎになっている。

このときばかりは、軍人たちも日本人なんか見ていなかった。改めて、スタジアムを覆う甲高《かんだか》い歓声に、女性が多かったことを認識させられた。確かに、ブーイングにしても、どこかマイルドなのである。おっさん純度一〇〇パーセントのブーイングに対し、明らかに声の質がきれい。それでも、日本は心理的に押しこまれまくった。これからの最終予選、おっさん純度一〇〇パーセントがはじめから確約されている中東のアウェー戦には、よほど気をつけなければならないだろう。

失点してから、日本も多少は押し返した。しかし、北朝鮮が固かった。とにかく、この日の北朝鮮選手は手強《てごわ》かった。休みたくても、間断なく押し寄せる地元の声援に、選手たちはひたすら走り続けるしかなかっただろう。勝ち点ではすでに北朝鮮は三次予選敗退が決まっていて、この一戦は消化試合でしかない。だが、そんなことは関係なし。何せ、相手は日本だ。スタジアムに向かう前にさまざまな観光地に寄ったが、北朝鮮の歴史は日本を追い出した瞬間から始まったことをつくづく感じさせられた。軍人としての金日成の英雄譚《えいゆうたん》はすべて、日本を相手に成し遂げられたものばかりである。日本だけには負けられぬ、という気迫がスタンドじゅうから伝わってくる。実際にこの日の北朝鮮を相手にしたなら、五度この平壌で戦っても、日本は勝てなかっただろう。強くなったように見える日本も、まだまだ足りないところはたくさんある。

せめて同点くらいには追いつくはず、というこちらの希望もむなしく、そのままスコアは1－0で終戦。ロスタイムに入ってからは、軍人たちもまったく日本人を見ていなかった。あからさまにピッチを見ていた。じっとその軍人を観察していたら、こちらの視線に気づき、はなはだバツの悪そうな顔をしていた。

試合終了のホイッスルとともに、試合の余韻に浸る間もなく、日本人は撤収。まるでドリフのコントが終わるときに流れるジングル（『盆回り』という立派な曲名がある）

に合わせるかのようにバスへと走った。バスで待っていたガイド氏の胸を小突き、

「強かった、おめでとう」

と言ってやったら、泣き笑いのような表情を浮かべていた。

バスが動き始めた。お通夜のような雰囲気に沈む日本人を、ガイド氏が「日本もがんばりましたよ」としきりに鼓舞しようとしていた。

「そんなこと言って、本当は最高にうれしいんでしょ?」

と乗客のひとりがつっこむと、

「ちがいます、みなさんのことが心配で試合どころじゃなかったです」

とまた泣き笑いのような表情になった。このガイド氏は日本人がすっかり意気消沈してしまっているほうが、北朝鮮の勝利よりも、ほんの少しだけ大事であるらしかった。

確かに試合の最中、一度、後ろの様子を見ようと振り返ったら、最上段の壁際の席にガイド氏が座っていた。ガイド氏は試合を見ておらず、「お願いだから、軍人を刺激するようなことしないで」とせっぱつまった顔で、眼下の日本人たちを見回していた。きっと、まわりの日本人からはあの兵隊どけろ、と要求され、軍人からは日本人をおとなしくさせろと命令され、まさに針のむしろ状態だったろう。

ふと、窓の外を見ると、バスが進む道の脇を北朝鮮の人々が歩いていた。後ろに続くバスのヘッドライトが彼らの横顔を浮かび上がらせる。彼らはみなこっちを見上げてい

た。しかも拳を突き上げ、誰もが大声で何か罵っていた。女性もいた。具合悪くライトが当たったせいで、鬼のような形相になりながら叫んでいた。あれだけ気持ちよく勝っても、まだ日本への憎しみを吐き出すに至らなかったようである。厄介ですなあ、とため息をついて、窓から顔を戻したとき、

「ん、何だろ。何か集まってる」

と外の様子に気がついた乗客の女性が腰を上げた。

「バイバーイ」

とすでに後続のライトが届かなくなっていた、バスの外の暗闇に向け手を振った。根っこの部分における、日本人と北朝鮮市民との意識の乖離《かいり》をあまりに対照的に表していて、思わず笑ってしまった。果たして拳を突き上げ、罵りの言葉をぶつけていた人々は、バスの中から突如無邪気な笑みとともに手を振られ、いったい何を思っただろうか。

パリの本場よりも大きいという凱旋門《がいせんもん》の周回道路を抜け、バスは夕食会場へと向かった。会場に到着し、今ごろになってダウンを脱いで、日本代表ユニフォームでもりもりと食べるうちに、急に元気が戻ってきた。そこで、食後のオプショナルツアーに参加することに決めた。すなわち、連日深夜十二時まで営業し、平壌の若者でにぎわっているという遊園地へ、半信半疑の心持ちで向かったのである。

眉間にシワして、北朝鮮 ―後編― ひとつの時代が終わる前に、平壌の空に舞いました

凱旋青年公園遊園地は、その名のとおり凱旋門の近くにある。ほんの数時間前、日本が苦杯を嘗《な》めた金日成スタジアムと森を隔てて隣に位置している。

バスから降りるなり、私は驚いた。

「人が無茶苦茶いる！」

遊園地のゲート前から見えたものは、夜空に煌々と輝くカラフルな照明と、わんさと詰めかけている北朝鮮市民の姿だった。大音量で響く歌謡曲、そこへ割りこむ絶叫マシーンからの悲鳴、笑顔で手を振る人々――、これまで一般市民との接触をなるべく避ける方向で行動してきたのに、こんな大勢いる場所にお邪魔していいのか、と逆にこちらが心配するほどのにぎわいぶりだったが、ガイド氏はお構いなしに先頭に立ってゲートを潜っていく。

遊園地を訪れている客層は驚くほどに多様だった。おばあさんといっしょの家族連れ。

ジャージの小学生二人と父親、ただし父親は軍服。横一列に腕を組んで歩く中学生の少女四人組。若い兵隊と女の子は手をつなぎ、ついでにダブルデートである。まるで縁日の風景だ。明らかに小学生と思《おぼ》しき男の子たちまで、キャッキャとはしゃぎ回っている。もう夜の九時を回っているのに。宿題はやったのか。

いったい、どういう社会的立場の人間がここに来ているのかさっぱりわからない。党や軍の幹部といった特定の層に限定して開放しているわけではないことは、訪れている人々の顔を見ただけでも明らかだ。ごくごく普通の軍人が来ている。普通のおっちゃんが来ている。普通のお母さんが来ている。先生らしき女性が、小学生の一クラスを引率している光景まで見かけた。そして、若者は楽しそうにデートしていた。まったく、けしからん。

遊園地に設置されているのは、バイキング、回転しながら左右にスイングする円盤型ブランコ、フリーフォール、腹這《はらば》いになった状態で乗り物が動き回るミニ・ジェットコースターなど、絶叫系の乗り物ばかりだ。しかも、どれもデザインが新しい。派手な電飾に覆われた乗り物が、夜にまばゆい残像を描いて空を舞っている。本当にここは北朝鮮かと疑いたくなる眺めである。ガイド氏の説明によると、この遊園地は金正日の熱心な後押しがあって、二年前に完成した。その際、金正日自ら人民のために安全性をチェックせんと、すべてのアトラクションに試乗したのだという。なかでも金正日はフリーフォールが大のお気に入りで、三回もトライしたらしい。

おかげさまで遊園地は大盛況である。どのアトラクションの前にも、順番待ちの長蛇の列ができている。だが、日本人はいっさい並ぶことなく、最優先で入場させてもらえる。さすがにこれは待っている人たちに悪いと感じていると、

「列の前を通るときには、すみませんとひと言、声をかけてください」

とガイド氏が現地の言葉を教えてくれた。

いきなり外国人がやってきて横入りするのだから、さぞ気分も悪かろうと思いきや、待っている人々は驚くくらいの笑顔で日本人を見送ってくれた。朝鮮語で「すみません」と言われたことがうれしかったようで、みなが口々に「いいってことよ」みたいなことを言っている。おばあちゃんが笑いながら手を振っている。その後ろでは、若者が親指を立てて「ＯＫ！」とやっている。

乗り物は豪快に平壌の空を舞った。日本人が叫びながら前後左右する様を、北朝鮮の人々が指を差して笑っていた。手を振ったら、かなりの人が振り返してくれた。なぜか私の隣には公安のおっちゃんが座っていた。自分もやりたくて日本人の列に混じったらしく、勢いよく空へと舞い上がるたび、「ぐっど、ぐっど〜」と低い声でうなっていた。

前後をガイド氏らに挟まれての団体行動ではあったが、自然体の北朝鮮の人々にまぎれ、ぶらぶらと遊園地を歩くうちに、金日成スタジアムでの圧迫観戦を経て強《こわ》ばった心

が、急速にほぐされていくのを感じた。当然ながら、北朝鮮の人々にも友達がいる。家族がいる。恋人がいる。怖い乗り物に乗ると叫び、それを見てみながけらけらと笑う。

そこにはいっさいの敵意がなく、ときにこちらが戸惑うくらいのやさしげな応対があった。もっとも、それは我々が日本人であるとわかっていなかったから、というのもあったと思う。遊園地のトイレに寄ったとき、学生服を着た少年二人が、がやがやと団体でやってきた日本人をものめずらしそうに見つめていた。朝鮮語がぺらぺらの日本人が話しかけると、はずかしそうに、でもどこかうれしそうに受け答えしていたのだが、

「イルボン（日本）～」

と自己紹介した途端、少年の顔から笑みが消えた。

単に相手を外国人とだけ認識し、日本人とまでは思わなかったのだろう。どう対応したらいいかわからない、といった困惑の表情がはっきりと顔に浮かんでいた。実際に言葉を交わし、心に芽生えた親近感と、「日本人」と告げられた瞬間に目覚めた民族感情をうまくすり合わせることができない様子だった。日本人はそれからも少年たちに話しかけたが、「行こう」とひとりが声をかけ、あいさつもなく二人して走り去ってしまった。かなり距離を取ってから、ひとりが振り返った。どこか名残惜しそうな、でも依然困ったような、複雑な表情をしていたのが印象的だった。

すべてのアトラクションを回ったのち、さあ、バスに戻ろうという段になって、「ボ

ン」という大きな音とともに突如、遊園地全体が停電した。日本人だけが「わッ」と声を上げたが、北朝鮮の人々は無反応である。三分ほどで電力は復旧したが、その間も、何事もないように周囲は動いていた。明かりが戻っても、やはり反応なし。よほど慣れっこの様子である。

ホテルに帰るバスの中で、ガイド氏が遊園地で何がいちばんおもしろかったか訊《たず》ねた。

「停電！」

即座にひとりの日本人が答えると、

「誰ですか、そんなこと言ってる人。捕まりますよ～」

とガイド氏が声を低くして言うので、みなが笑った。警察国家としての自国のイメージを逆手にとった見事なブラック・ユーモアだった。遊園地での二時間を経て、私は明らかに北朝鮮の人々を、このガイド氏も含め、少し好きになったことを感じずにはいられなかった。

＊

三日目は遠出した。

平壌を離れ、一路南へ、板門店へと向かった。

言うまでもなく、板門店とは朝鮮戦争の停戦条約が結ばれたところ、今も軍事境界線を挟んで北朝鮮と韓国がにらみ合っている最前線である。

板門店へはバスで約二時間半、高速を使って移動する。

北朝鮮の高速に料金所はない。

代わりに検問所がある。暇そうな軍人が詰所から現れ、ガイド氏らと交渉し、OKが出るとふたたびバスは走り始める。

車外の風景は、平壌という都市がいかに計画的に造られたかをよく伝えてくれた。都市と郊外の中間というものがない。建物が途切れたなと思ったら、あとは延々、畑が続くのみである。

北朝鮮の農村の眺めはとても美しかった。

牛が歩いている。ヤギが歩いている。イガグリ坊主の子どもが歩いている。のんびりとおじいさんが川沿いの道を自転車で遠ざかっていく。

一方で車は見ない。ビニールハウスも見ない。トラクターも見ない。その風景の美しさの根本は、余計なものがいっさいなく、ただ畑しかないところにある。それくらい見渡す限りが畑だった。人が歩ける場所ならば、丘陵の途中であろうと、堤の側面であろうと、わずか数坪の場所でも、ありとあらゆるところが耕されていた。すべて手作業で行われたのだろう。ふるえた鉛筆で線を引いたような、畝《うね》のしま模様がひたすら地表を覆っていた。

それら畑の風景は、とても穏やかな印象を伴い私の目を楽しませてくれたが、その実、大地にとってはとてもおそろしい状態なのかもしれなかった。なだらかな地形がはっきりと見てとれる丘に、木はほとんどなかった。表面が乾燥した畑の畝に侵食され、禿《は》げ山と化していた。これでは水は貯まらない。栄養も土に還らない。畑は収穫期を過ぎ、何も植えていないところがほとんどだったが、そこに費やされた人力とは到底比例せぬ収穫量だったのではないか。もしも、これが北朝鮮全国に共通する眺めならば、この地で洪水が多いのも、保水力を失った山から平地へ一気に水が流れてしまうことが、その理由として挙げられるはずである。バスから見えた川の堤はすべて土を盛っただけのものだった。せいぜい土台の部分に石垣を使うくらいで、コンクリートですべてを固めたまともな堤防は一度も見ることがなかった。起こるべくして洪水が起き、それを治めることができぬ悪循環が、この平和な眺めの底には漂っているのかもしれなかった。

板門店への高速はよく揺れた。不思議だったのは、ほかの車がほとんど走っていないことだ。物流の大動脈のはずなのに、トラックすら見かけない。これは平壌市内でも言えることで、大型トラックをまるで目にしなかった。代わりに激しくクラクションを鳴らしながらよく追い抜いたのが、これからキムチを仕こむシーズンが到来するのか、白菜をわんさと荷台に積んだおんぼろトラックだ。つまり、私が北朝鮮滞在中に目にした物流は、その大半が白菜の移動だったことになる。

高速でもバスは白菜トラックを何度か追い抜いた。荷台の上ではタバコをふかしながら、農夫のおっちゃんや若者が、限界まで積み上げた白菜をベッドにして寝転がっていた。バスの誰かが手を振ったのだろう。照れ笑いを浮かべながら、手を振り返していた。

板門店に到着すると、ここでも百八十センチはある背の高い軍人がバスに乗りこんできた。非武装地帯を貫く一本の道路を抜け、停戦条約の調印会場、軍事境界線を挟む両軍の施設へと向かう。非武装地帯と聞いて、てっきり無人の野を行く風景を想像していたが、ここも可能な限り土地が耕され、畑となっていた。

バスに同乗した軍人は、年は二十二、三歳くらいだろうか。北朝鮮領内にある調印会場の建物では、一九五三年当時の調印式の様子をきびきびとした声で説明してくれた。説明の内容は自国に都合のいい話ばかりを寄せ集めた、完全な北朝鮮のプロパガンダなのだが、長い話をしっかりと覚えて語る姿勢に共感してか、軍人が話し終わるたびに日本人の間から拍手が起きる。すると、軍人は一瞬、戸惑ったような、恥ずかしそうな笑みを浮かべる。正直な性格の若者らしい。

「兵隊さん、吸いなよ」

日本人が税関を密《ひそ》かに突破して持ちこんだマイルドセブンの箱を渡すと、一度は「いらない」という仕草を見せるのだが、「いいってことよ」と強引に押しつけられ、最後にはやはりはにかんだ笑みとともにそれを受け取っていた。私が乗ったバスの日本人は、ガイド氏との交流然《しか》り、非常に相手の懐に飛びこむのがうまい人が多く、おかげで北朝鮮の人々の生きた反応を思いのほか目にすることができたのだった。

　軍事境界線を挟んだ施設を見学し、韓国との境界を示す幅三十センチほどのコンクリートの帯をおっかなびっくり眺めた。午前と午後で、韓国と北朝鮮の兵士が交替で詰めるため、現場には北朝鮮側の人間しかおらず、とりわけ緊張感はうかがえない。あの境界線を越えた向こうが韓国で、さらにはソウルまでおよそ七十キロ、車でわずか四十分という距離にヨン様が住んでいるという事実がまるで実感できない。

　韓国映画『ＪＳＡ』は、この共同警備区域《JSA》を物語の始点としている。あのエンディングに登場する一枚の写真のアイデアを、この場所から生み出したかと思うと、同じ物語を編み出す者として少々くやしい――、などと戦争の最前線にいるという現実と乖離したことばかり考えてしまう私は、とことん平和ボケしているのか。

　もっとも、平和ボケも悪いことばかりではない。

　ボケは人の気持ちを穏やかにする。一連の見学を終え、ふたたび非武装地帯をバスで戻る途中、ガイド氏が「これまで同乗してくれた兵隊さんともそろそろお別れです。みなさん何か質問ないですか？」と訊ねてきた。おそらく、アメリカに立ち向かう気概や、百戦百勝を誓う北朝鮮人民の祖国愛について質問してほしかったのだと思うが、残念ながら、こちらは平和ボケが骨の髄まで染みこんだ日本人である。

「彼女はいますか」

「結婚していますか」

などと見事に緊張感の欠落した質問を繰り出すばかりである。

ガイド氏は「もうちょっと真面目《まじめ》にやってくれ」と言いたげに眉間にシワを寄せつつ、律儀に若き軍人氏に通訳した。質問の意味を理解した軍人氏は、恥ずかしそうに顔を赤くした。うつむき加減にごにょごにょ言って、

「彼女はいないそうです」

とすぐさまガイド氏が通訳する。日本人はわっと手を叩《たた》いて喝采を上げ、何だか遠足のバスのような雰囲気になってきた。

訊《き》くところによると、軍人氏は中学を出てから軍に入り、今は二十四歳なのだという。それを聞くと、本当に普通の青年が軍服を着ているだけなのだと思う。昨日の金日成スタジアムでも、日本人を囲む軍人たちのやることなすことが腹立たしかったが、それぞれはいかにも田舎《いなか》から来ました、という純朴な顔立ちをしていた。あくまで立場と任務が、彼らからやわらかな表情を消しているのだ。ホテルのエレベーター前に詰めている二十五歳くらいのいかつい体格の監視員も、彼らとタバコをいっしょに吸った日本人が言うには、交替に来る仲間を脅かそうと廊下の陰に隠れ、「あれ？　どこ行った？」と戸惑いながらやってきた次の監視員を、「わッ」と物陰から急に顔を出しておどかして

いたそうである。

板門店への入場ゲートで、軍人君はバスから降りた。自ら手を振って、笑顔とともに去っていったのが印象的だった。私も自然と手を振って彼を見送った。人間は初見ではわからない。威圧的な職業についている人間なら、なおさらわからない。北朝鮮を訪れ改めて私が学んだことである。

板門店をあとにして、高麗時代の首都があった開城《ケソン》で昼食をとり、平壌へ戻った。平壌では、本来なら税関で没収された文房具を届けるはずだった中学校を訪問し、子どもたちの歌と踊りの歓迎を受けるも、子どもたちからにじみ出る、何とも言えぬやらされ感がせつなかった。

夕暮れどきの平壌を、白菜トラックを追い越しながらバスは走る。よくよく観察すると、平壌の街は白菜の気配に充ち満ちていた。マンションのベランダには白菜が山と積まれ、いちばん外の緑の部分はキムチに使わないのか、その部分だけが二百も三百も、道の隅や川の土手に固めて捨てられているのをときどき見かけた。

仕事を終え、帰宅途中の市民の姿をバスから見下ろし不思議に思う。これから夕食どきだというのに、誰も買い物袋を持っていない。食材を売る店も見当たらない。たとえば、八百屋や魚屋、肉屋といった商店を、滞在中私は一度も見かけなかった。もちろん、バスの通行ルートが「見せても恥ずかしくないところ」に限定されているということもあるだろう。だが、それにしたって、市民が夕食の具材を何ひとつ手にしていないのはなぜなのか。いったん家に帰って、改めて店に向かうのか。バスからは決して見えない建物の裏の道に、商店が立ち並んでいるのか。あの白菜トラックに積んだ白菜は、どういう手順で人々の手に渡るのか。

少しだけ北朝鮮のことがわかった気がする。でも、わからないことがまだ山のようにある。それを誰に訊いたらいいのだろうか。そもそも、この街に住む人ですら、自分たちの街をまともには把握していない、と感じさせる何かが平壌には漂っている。すっかり暗くなった街並みを眺め、ふと拉致《らち》被害者のことを思う。もしも自分が拉致され、この街で過ごすことになったとして、私は自力で逃げることができるだろうか。

否、きっと逃げられない。

あの人々の明るい笑い声が響く遊園地は確かに平壌だった。一方で、無機質なモニュメントがあふれる街の底に、ひどく暗いものが流れているのを、あるとき不意に感じるのもまた平壌だった。いつか、その暗い底流が白日の下にさらされるときがくるのだろうか。それとも、永遠に光は届かぬままなのか。

夕食はレストランにて、アヒルの焼肉をいただいた。生まれてはじめてのアヒル肉は、鶏肉《とりにく》よりも歯ごたえとコクがあって、たいへん美味だった。

＊

初日にはミニスカートをはいていた婦警さんが、急に寒くなったせいだろう、青のズボンの先をブーツの中に入れるという格好で、交差点の真ん中で交通整理をしていた。

仕事場へ向かう大勢の人々を追い抜いて、バスは空港へと向かった。

入国時はあれほど厳格だった税関のチェックも、出国時の扱いはとてもゆるやかだった。預けていたカメラを返してもらい、パスポートチェックを受ける。国交がなく、ビザでの入国ゆえか、パスポートに北朝鮮を訪れたことを示すスタンプは押されなかった。結局、自分のカメラで一枚も写真を撮れなかったため、私が北朝鮮を訪れた証《あかし》は、バスに同行した北朝鮮のカメラマンから買った写真のみになった。

飛行機への搭乗を待つ人々のなかに、「FIFA」のジャージを着た、金日成スタジアムでの試合で笛を吹いたバーレーンの審判団がいた。冷静なジャッジでした、と隣を通ったついでに話しかけると、主審のお兄さんはとてもよろこんでいた。確かに、負けたチームのサポーターからジャッジを褒められるというのは、自信にもなるだろうし、うれしいことだよな、と思いつつ、待合所のベンチに腰かけると、

「サッカーの試合を観にこられたんですか？」

と前の列に座っていたおばあさんが振り返って話しかけてきた。

「ええ、そうです。あれ？　サッカーを観にきたんじゃないのですか？」

「いえ、観ていません」

「あ、じゃあ観光で」

「いえ、観光でもないんです」

　確かに、たいへんご高齢の様子であるし、サッカー目当てというのはなさそうである。しかし、観光でもないというのはどういうことなのか。腑《ふ》に落ちないものを感じつつ、しばらく話を続けるに、おばあさんは平壌滞在中、ホテルではなく、市内のマンションにいたと言う。

「こちらに知り合いがおられるんですか？」

「ええ、息子がいまして。これで六十回目の北朝鮮です」

　はじめは在日の方なのかな、と思った。でも、日本にいる息子が、北朝鮮にいる親に会いにくるのはわかるが、その逆というのは妙である。しかも六十回というのは尋常ではない数字だ。そんな私の疑念を察したのか、

「私は日本人ですよ」

　とおばあさんはパスポートを見せてくれた。

　ますます事情がつかめず、困惑する私の様子を感じ取ったのだろう、おばあさんの隣に座っていた年配の女性が、

「こちらは有名な方なんですよ」

と低い声で教えてくれた。

私は改めておばあさんの顔を見た。

わかるようなわからないような、いや、やはりわからない。

「すいません、何で有名なんですか」

と正直に訊ねてみた。

「そんな、何で有名て訊ねられても……」

と困った表情を見せるおばあさんの横で、先ほどの女性が、

「〇〇さんです、拉致被害者のご家族の」

とさらに低い声でつぶやいた。

アッ、と思った。

それから飛行機に搭乗するまでのほんの数分の間、私はおばあさんから、十三歳で息子がいなくなったこと、それから二十四年間消息がつかめなかったこと、地元では息子の葬式まで挙げたこと――、重すぎる事実を淡々と告げられた。

昨夜、暗い平壌の街を眺めながら、もしも自分が拉致されたらどうなるかを考えたことを思い出さずにはいられなかった。二十四年という時間はべらぼうだった。これもまた、日本と北朝鮮との間に横たわる現実だった。私が遊園地を訪れる家族連れや、板門

店の若き軍人や、ガイド氏といった生身の北朝鮮の人々に抱いた好感とはあまりに別次元の話だった。

「私はもう八十です」

とおばあさんは何度も言った。まだ、おばあさんは十三歳の息子を奪われたときから続く戦いのさなかにいた。「何で有名なんですか」などと失礼極まりない質問をしたことを謝った。

「いいんですよ」

とおばあさんは笑って手を振って、

「北朝鮮のおみやげは買いましたか？」

と話を変えた。

経済制裁中なので日本の税関で見つかるとすべて没収されるんです、羽田《はねだ》でもわざわざ搭乗ゲートまで税関職員がきてアナウンスしていました、と説明すると、おばあさんは複雑そうな表情を見せた。なぜ、日本は北朝鮮に経済制裁をしているのか？　それは言うまでもなく、拉致問題を進展させるためだ。実際に効果が出ているのかいないのかよくわからないが、おばあさんの願いを直接に間接に後押しするために、国が選んだ政策であることは間違いない。されど、その反作用が意図せぬところに及ぶのを知って、おばあさんの心に一瞬、暗い影が差したのだろう。

搭乗の準備ができたという知らせに、乗客がいっせいに立ち上がった。おばあさんも立ち上がった。とても小さいおばあさんの身体《からだ》は、乗客の列の間に隠れてあっという間に見えなくなった。

三泊四日の行程を終え、私は平壌を発った。

＊

羽田空港の荷物受け取り場でトランクを待っている間、

「北朝鮮から帰国の方は、〇番から〇番のカウンターにお越しください」

と税関の職員が声をかけて回っていた。

私はトランクをターンテーブルから引き上げ、言われた番号のカウンターに向かった。平壌の空港にておばあさんにはああ言ったものの、私は平壌みやげをいくつか買っていた。どれも子どもへのお土産で、ひとつ二百円そこらの、ままごとに使えそうな財布や筆箱や髪留めである。

もしも、これを正直に申告すると没収になる。だが、このぺこぺこの財布を日本に持ち帰って何の害悪があるというのだろう。数百円の外貨を北朝鮮に落として、それがどんな利敵行為になるというのだろう。単なる子どもへのプレゼントを「北朝鮮製だから」という理由で没収するなら、それは「日本製だから」という理由で文房具を全部捨て去った北朝鮮の軍人たちがやったこととまったく同じではないか。考えれば考えるほど、何だかむかむか腹が立ってきた。

「北朝鮮からのおみやげはありませんよね」

税関のカウンターを挟み、係員に訊ねられ、

「あります」

と私は正直に答えた。

帰りの飛行機では、適当にごまかしてみやげ物を持ちこもうと思っていたが、つまらない嘘《うそ》をついて自分を守ることが、心底しょうもなく、馬鹿馬鹿しく感じられたのである。

係員は驚いた顔を一瞬見せたのち、

「ご存じでしょうが、北朝鮮に対しては経済制裁中のため、みやげ物の持ちこみはいっさいできません。荷物を見せていただけますか」

と硬い表情になって告げた。

もちろん、経済制裁の意図は理解している。だが、その効果をこの場に導くことは間違っている。理由は明白だ。まさに鏡映しと言える、北朝鮮の税関の行いが正しかったとは到底思えないからである。

「ちょっと僕の話を聞いてくれますか」

トランクを開けながら、私は係員に向かって話しかけた。

「北朝鮮に入国する際にカメラを全部預けさせられたので、自分たちでは一枚も写真を撮ることができませんでした。ならば、みやげ物を買うしか、旅の思い出になるものがない。そもそも、どうしてこんな目に遭ったかというと、九月に日本でW杯予選があったとき、北朝鮮の選手を日本の税関がねちねちいじめたからです。僕はそんなことを日本はしないだろう、と思っていましたが、どうも本当にやったらしい。そのとばっちりを受けて、三日前、日本代表は北朝鮮の税関で四時間いじめられ、僕たちもカメラを持ちこませない、ユニフォームもダメという嫌がらせを受けました。どうして、日本の税関は北朝鮮の選手にそんな嫌がらせをしたんですか？」

「いや、それは経済制裁の中身がそういうものなのです。ルールに従ってそう対応することを、経済産業省のほうで決めているんです」

「でも、北朝鮮での試合が残っているんですよ。そんなことしたら、絶対に同じことを仕返しされるってわかるでしょう」

係員は「ううん――」と困ったようにうなり、

「取りあえず、買ったもの、見せてください」

と開いたトランクをのぞきこんだ。

私は北朝鮮独特の色づかいが鮮やかなみやげ物を差し出した。

「お子さんにですか?」

「そうです」

しばらく手元のみやげ物を見つめたのち、

「本当は、スポーツと政治は分けるべきなんですけどね」

と係員はくぐもった声でつぶやいた。

「いいでしょう、これは」

みやげ物を荷物の間に戻し、

「どうぞ、次の方——」

と私を視界の外に追いやった。


私はトランクを引いて空港を出た。

タクシーに乗り、行き先を告げると、

「ハワイ帰りですか」

と運転手に訊ねられた。

「何で、ハワイ帰りだって思うんですか?」

「この時間帯はハワイからの便があるから、よくお客さんを乗せるんです」

「ハワイじゃないです。北朝鮮から帰ってきました」

なぜか、運転手はそれきり黙ってしまった。

湾岸地域の夜景を眺めつつ、つい先ほどの、税関との小さな対決を思い返した。オーバーな物言いかもしれないが、あの税関の係員は政府の職員なのに、自分の意見を口にして自分の意思で決断した。それは決して北朝鮮の税関の軍人にはできなかったことだった。

自然と口元に笑みが浮かぶのを抑えられなかった。

何だか、私はとてもうれしかったのである。

あとがき

種田山頭火《たねださんとうか》という俳人が詠《よ》んだ、

「分け入つても分け入つても青い山」

という句が、とても好きだ。

はじめて聞いたなら、「本当に俳句なの？」とさえ思うような型破りな言葉の並べ方なのに、なぜかすっと頭に入ってくる。目の前の背の高い草をかき分け、かき分けても、仰いだ先にはいつも青い空と頂《いただき》がそびえている、そんな広い眼差《まなざ》しの情景が鮮やかに脳裏に浮かび上がる。

小説家になってちょうど四年が過ぎた。

息を切らしながら傾斜を登り続け、ふと振り返ってみると、自分が草をかき分け、進んできたところがいつの間にか道となっている。それとて、決して一本道ではなく、ときどき寄り道をしながらこの足元へ続いているようだ。

念入りに踏み固めながら登ってきた道のほうを小説にたとえるなら、考えもなくあちらこちらに寄った道は、さながらエッセイのようなものだろうか。

寄り道もまた、ここへ来た道である。

そして、ふたたび顔を戻すと、仰ぐ向こうにはやはり、どこまでもどこまでも青い山。

こうして、また、一歩踏み出す。

二〇一〇年　四月

万城目　学

文庫版あとがき

北朝鮮から無事帰ってきたとき、まわりの人にどうだった？ と訊《たず》ねられ、「これが意外といい国だった。税関の連中は最悪だったけど、それ以外は実に楽しかった。メシはどれもすばらしくおいしかった。また行ってみたいかもしれぬ」と正直なところを伝えると、ほぼ全員が「え」という虚を衝《つ》かれた表情を返してきた。何がそんなに楽しかったのか、と問われ、たとえば遊園地での一件などを語ると、「それってそこにいた全員が仕こみじゃないのか？」

とこれまた結構な人が意地悪そうな笑みを浮かべ指摘してきた。

彼らは明らかに不満そうだった。自分がイメージしてきた北朝鮮への悪印象を補強してくれる話を期待していたのに、まるで正反対の情報を披露されたことに納得がいかない様子だった。冗談半分の口調とはいえ、全員がまず私の情報を否定することから入った。自分がそれまで蓄積してきたテレビや新聞や雑誌から手に入れた知識やイメージのほうが、私が経験した現実よりも正確だと考えたのである。

そんな自分に向けられた対応を見て、ああ、ゆえに旅には出なくてはならぬ、と改めて感じた。自分の目で見て、自分の肌で感じたところを、どこかもう一本の柱として常に保っておかなければならぬ。人間は誰しも、互いに同じ部分と、ちがう部分を持ち合わせている。北朝鮮にいる人間だって然《しか》り。警戒すべきは、同じ部分があるという当たり前の事実を忘れ、ちがう部分だけを相手のすべてと思いこむことだ。

だが、ひとところにいながら、知らぬうちに思いこみを背負ってしまった己に気づくのはとても難しい。そこで、ときには外に出て、近くに合わせ過ぎたピントを、しばし遠い眺めに譲ってやる。

若い頃にはなるべく旅をしたほうがよいと思うのは、旅先での経験が得られることはもちろん、ふたたび家に戻り、ピントを近くに合わせ直したとき、たくさんの違和感を身のまわりに発見できるからだ。それらは旅に出ない限り、決して感じることのないものだ。私はそれを成長の跡と呼んでよいと思う。その証拠に旅の数をこなすにつれ、自分が年を取るにつれ、それらの違和感はどんどん小さくなる。日常にまぎれ、あっという間に消えてしまうようになる。

たとえば大学一年生のときにバックパックを担いでヨーロッパを巡り、日本に帰国してから、周囲のそこかしこに見つけた違和感——、そんな違和感をわんさと得ることはもうないのではないか、と心のどこかであきらめていたところがあった。しかし、たった四日間の滞在にもかかわらず、北朝鮮から帰国した私のなかには、ごつごつとした違和感がいくつも芽生えていた。人と話すたびに、なかなか伝えたいことが伝わらないたびに、その違和感は存在を増していった。

これだけでも、行く価値のあった北朝鮮だった。

しかも、私が訪問した翌月に金正日が突如、この世を去った。もしも、時期がずれていたら、A代表の試合は開催そのものを許されなかっただろう。サッカーがからんでいなければ、私自身、一生北朝鮮に行くことなどなかったろうし、まさに最後のタイミングでかの地を訪れることができたのである。

次はどこへ行こうか。

願わくは、またたっぷりの違和感を授けてくれる旅との出会いがあらんことを！

二〇一二年五月

万城目 学

本書は2010年４月、集英社より刊行されました。
文庫化にあたり、「眉間にシワして、北朝鮮」を収録しました。

初出一覧

現場から万城目学です●『朝日新聞』(関西版)2009年5月10日号・5月24日号・5月31日号/朝日新聞社
今月の渡辺篤史●『ダ・ヴィンチ』2008年5月号〜2009年2月号/メディアファクトリー
『小公女』●『asta*』2008年5月号/ポプラ社　十歳までに読んだ本『小公女』改題
11月を11度●『yom yom』2008年12月号vol.9/新潮社
わがこころの「秀吉・トヨトミ」●『歴史読本』2010年3月号/新人物往来社
『花神』について●『小説すばる』2010年2月号/集英社
悠久なる芋粥への挑戦●『yom yom』2010年3月号vol.14/新潮社
「さらばアドリア海の自由と放埒の日々よ」●『コバルト』2009年5月号/集英社　「恋するヒーロー・ヒロイン」――恋のお相手：ポルコ・ロッソ改題
万城目学の国会探訪●『学士会会報』第870号/学士会
資格●『本の旅人』2008年5月号/角川書店　わたしの「資格」改題
彼は『鹿男』を観たのか？●『本の旅人』2008年5月号/角川書店
のろいのチャンネル〜めぐりめぐりてキミに出逢う●『日本経済新聞』(関西版)2009年10月〜2010年3月「余も世もばなし」/日本経済新聞社
世界のことば●『野性時代』2008年3月号/角川書店
眉間にシワして、北朝鮮●『小説すばる』2012年1月号〜2月号/集英社
この一覧にないものはすべて『Sportiva』2008年9月25日臨時増刊号〜2010年5月号に掲載

集英社文庫

ザ・万遊記《まんゆうき》

2012年5月25日　第1刷　　定価はカバーに表示してあります。
2024年1月31日　第4刷

著者　万城目《まきめ》　学《まなぶ》

発行者　樋口尚也

発行所　株式会社　集英社
東京都千代田区一ツ橋2-5-10　〒101-8050
電話　【編集部】03-3230-6095
　　　【読者係】03-3230-6080
　　　【販売部】03-3230-6393（書店専用）

印刷　図書印刷株式会社

製本　図書印刷株式会社

フォーマットデザイン　アリヤマデザインストア　　マークデザイン　居山浩二

ISBN978-4-08-746835-9 C0195